LA PIEZA QUE QUE NOS UNE

V.M. CAMERON

Editado por Harlequin Ibérica.
Una división de HarperCollins Ibérica, S. A.
Avenida de Burgos, 8B - Planta 18
28036 Madrid
www.harlequiniberica.com

© 2025 V.M. Cameron
© 2025 Harlequin Ibérica, una división de HarperCollins Ibérica, S. A.
La pieza que nos une, n.º 320 - 2.7.25

ISBN: 978-84-1074-504-9
Depósito legal: M-7564-2025
Impreso en España por: BLACK PRINT
Distribuidor exclusivo para España: LOGISTA

MIXTO
Papel
FSC   FSC® C159065

Para mi tío Luis, una de las piezas principales.

Capítulo 1

—No te asustes.

Gia alzó la cabeza y observó el rostro de su compañero un instante. Acababa de conocerlo y no entendía por qué había pronunciado esas palabras. Ella no estaba asustada y la mera suposición ya hacía que se sintiera un poco insegura.

—¿Disculpa?

—No te asustes —repitió él—, el primer día siempre es el más extraño, pero lo harás bien si sigues la lista de tareas. Puedes marcar cada una de ellas cuando la hayas completado. —Le tendió una hoja de papel con varios puntos remarcados en tinta negra: *Rellenar botellas. Limpiar lavavajillas. Contar el dinero en efectivo...*

Ella asintió en silencio al tiempo que observaba la lista, se trataba de las tareas usuales para un bar. Era su primera noche trabajando en ese concurrido local del este de Londres. En realidad, no estaba asustada, ese sitio no le preocupaba en absoluto. Decidió no revelarle a su compañero —¿Liam? ¿Leonard? Oh, no. ¿Cuál era su nombre?— que no sentía ningún miedo, sino que, más bien, estaba ansiosa por comenzar a percibir un salario. Después de varios meses sin trabajar, los ahorros de

Gia se habían reducido hasta convertirse en casi inexistentes. Había tenido mucha suerte al conseguir ese empleo gracias a su amiga Olivia.

No era el primero, pues durante los años anteriores había trabajado ya en una cafetería y, hasta hacía poco, en el bar de una pista de patinaje sobre hielo. Había sido un buen lugar, pero la pista cerraba durante el verano y en mayo había tenido que marcharse porque ya no había nada que hacer allí.

—¿Dónde puedo dejar mi bolso?

—Aquí.

El chico le señaló un pequeño armario de madera situado junto a la pared. Gia se quitó la chaqueta y depositó sus pertenencias en ese lugar. Había un par de chaquetas más, además de la suya.

—Pertenecen a los porteros —explicó su compañero antes de que ella preguntara.

Dos hombres se ocupaban de la seguridad del bar, algo que había llamado la atención de Gia. Hasta entonces, tan solo había trabajado en lugares tranquilos. Esa sería su primera vez como camarera en un local mucho más ajetreado y, quizás, incluso peligroso.

—Vamos al piso de abajo, te enseñaré el bar.

Bajaron las escaleras, dejando atrás esa planta en la que solo se encontraba un pequeño vestuario que ni siquiera merecía ese nombre y la oficina en la que Isaac, el dueño del Rowland's, acumulaba documentos relativos al negocio. El bar estaba en el piso de abajo y tenía acceso directo a una calle poco concurrida. La localización era privilegiada, pues un sinfín de árboles lo rodeaban, apartándolo de otros locales y generando la sensación de que, a pesar de encontrarse en pleno Londres, parecía un lugar remoto.

—¿Eres nueva en la ciudad, Gianna?

—Gia, solo Gia —lo corrigió, después forzó una pequeña sonrisa—. No, no soy nueva, tan solo... necesitaba un trabajo.

—¿Eres amiga de Olivia?

—Sí, somos compañeras de clase en la universidad.

Olivia trabajaba en el Rowland's desde que tenía dieciocho años y, al parecer, ya era la mano derecha de Isaac. Gia se fiaba de su amiga, por eso había aceptado el trabajo en aquel barrio londinense que no le daba demasiada confianza... Bueno, por eso y porque necesitaba pagar el alquiler.

—¿También estudias Periodismo?

Gia asintió con la cabeza. Bajó el último de los escalones, apartando la mirada del chico, y se fijó en el bar que, de pronto, tenía ante sus ojos. La estancia estaba muy poco iluminada, y el local era mucho más grande de lo que ella recordaba de las únicas dos veces que había ido al Rowland's: ambas, por la insistencia de Olivia en ir a tomar una copa allí. La realidad era que Gia no salía mucho por las noches, estaba más bien centrada en terminar la universidad cuanto antes y en conseguir un trabajo decente en algún periódico o revista. Lo que sucedería después, aún no lo había planeado. Además, era consciente de que, con veintidós años, probablemente no le serviría de mucho organizar algo que, con toda seguridad, iría cambiando con el tiempo.

El chico la condujo a la barra del bar, explicándole de forma eficiente dónde estaba cada cosa. Le habló de mil bebidas y combinaciones distintas que se servían allí y también le contó varias formas de librarse de clientes problemáticos o demasiado borrachos.

—No puedes servirle a un borracho nunca.

—De acuerdo.

—¿Sabes por qué?

Gia levantó la vista hacia él. Aparentaba unos años más que ella, rondaría los veinticinco, más o menos. Tenía el cabello castaño y los ojos redondeados, de un tono miel que le daban un aspecto general bastante armonioso y agradable.

—Imagino que vas a decírmelo ahora, ¿verdad?

Él le enseñó una sonrisa perfecta y sabihonda de dientes blancos y alineados.

—Los borrachos causan problemas, Gianna, y aquí los evitamos a toda costa. ¿De acuerdo?

—De acuerdo —respondió Gia—. ¿Qué debería hacer si alguien intentara pasarse de listo?

—Habla con los chicos de la puerta. Ellos son los indicados para ocuparse de eso. —El joven la observó, después habló de nuevo—: ¿Tienes alguna duda?

—No, todo está claro. Muchas gracias...

Se quedó callada un momento, pensando en que, efectivamente, no conocía el nombre del chico. Él lo vio en sus ojos y apretó los labios con cierta incomodidad.

—Luke —le recordó.

Gia suspiró con alivio.

—Muchas gracias, Luke.

Él se agachó tras la barra y miró su reloj. Después apretó un interruptor situado al lado de uno de los frigoríficos repletos de un sinfín de cervezas distintas que Gia apenas conocía. Deseó poder trabajar con Olivia esa noche, pues su amiga podría explicarle todo sin hacer que se sintiera avergonzada o ridícula, pero ese primer día le tocaría pasarlo junto a Luke, al parecer.

—Abrimos en cinco minutos —anunció él.

Gia soltó el aire de sus pulmones, después se

situó tras la barra junto a él. Estaba contenta, en realidad, pues necesitaba un trabajo y, aunque ese lugar no le provocara demasiada confianza, serviría para brindarle un modesto sueldo.

—¿Nerviosa? —preguntó Luke, dedicándole una sonrisa amable por primera vez.

Nerviosa no era la palabra, sino, más bien, impaciente. Sabía que una nueva etapa de su vida estaba comenzando. Esperaba estar preparada para afrontarla.

El tiempo pasó extremadamente rápido. Todo resultaba nuevo para Gia en ese bar y el tumulto de gente y clientes habituales se arremolinaban en la barra, peleando por ser vistos para poder disfrutar de una pinta de cerveza... o de diez.

Debía de ser la una de la mañana cuando Gia reparó en un hombre apoyado en el bar que daba la impresión de estar bastante borracho. Aparentaba unos cuarenta años y se encontraba casi tumbado en la barra, con el cabello negro despeinado y la mejilla pegada a esa gran superficie de madera. Sus ojos oscuros se veían enrojecidos y se achinaban cuando, de tanto en tanto, el cliente levantaba la cabeza y bebía un trago más de su pinta de cerveza. Gia no sabía cómo proceder; sabía que no podía servirle de nuevo, pero ¿debía hacer algo viendo que ya estaba borracho? Quizás podría avisar a seguridad, pero lo cierto era que el hombre no se estaba metiendo con nadie...

Gia sirvió un par de bebidas a otros clientes, sin quitarle el ojo de encima a ese hombre alcoholizado que podría acabar causándole problemas. Lo estaba mirando cuando, de pronto, un nuevo hombre de cabello negro se aproximó a él y le susurró algo que Gia no fue capaz de descifrar en la distancia. La música sonaba muy alta a su alrededor y los gritos del resto de los clientes imposibilitaban que lograra entender ni una palabra si se encontraba a más de un metro de distancia de su emisor.

Comenzó a servir una nueva cerveza sin dejar de observar al hombre moreno. Fue entonces cuando Gia se percató de que algo había cambiado, el cliente se encontraba tenso como un tronco y algo en él daba la impresión de estar asustado.

—Seis libras con cuarenta —pronunció Gia, tendiéndole la cerveza a un hombre delgado y feúcho al que le faltaban algunos dientes.

Ni siquiera le prestó atención al pago que estaba recibiendo de ese cliente, pues de repente Gia estaba en alerta. No era una experta en la materia, pero la joven sabía reconocer una pelea cuando veía una... o cuando estaba a punto de verla. Necesitaba salir de la barra, avisar a seguridad de que algo estaba a punto de suceder.

—¿Qué haces? —le preguntó Luke cuando se percató de que ella acababa de salir de la barra—, ¿a dónde vas?

—¡Vengo en un minuto!

Apenas acababa de salir corriendo cuando se dio cuenta de que, quizás, ya era demasiado tarde para advertir a los porteros del Rowland's de lo que estaba sucediendo. Ya no era solo un hombre quien hablaba con aire amenazador al cliente alcoholizado; ahora eran tres.

Gia tragó saliva. Parecían peligrosos y su aspecto no terminaba de encajar allí. Los tres vestían ropa oscura y uno de ellos llamó su atención de un modo más particular, pues se encontraba más cerca del borracho que los otros y le hablaba con gesto muy serio. ¿En qué lío se habría metido ese hombre con esos tres tipos? Se fijó en el que parecía llevar la voz cantante y se sorprendió de su juventud, pues aparentaba unos veintisiete años. Tenía el cabello oscuro y algo que solo podría definirse como cara de pocos amigos. Entornaba sus ojos claros con cada nueva palabra que pronunciaba y Gia sintió cómo su propia sangre se helaba al imaginar su voz intimidante. Problemas; esos tres tipos eran problemas, seguro.

—Vamos afuera, Richard —oyó Gia por encima del resto de las voces—. No voy a repetírtelo más veces. Ven por tu propia voluntad o tendré que sacarte de aquí yo mismo.

Gia se congeló. Así comenzaban las peleas, lo sabía. En pocos segundos habría puñetazos volando por la sala y, probablemente, también heridos. Estaba claro quién saldría perdiendo en ese altercado.

—¡Voy a pagarte, Bennett, lo prometo! He tenido un mal mes y...

—Hablaremos fuera —rugió ese tal Bennett.

Ella se estremeció cuando lo observó de nuevo. ¿De dónde le vendría toda esa agresividad? ¿Por qué querría con tanta urgencia salir con aquel hombre de allí? ¿Acaso iba a...? Gia no se atrevió a completar esa pregunta. La periodista que había en ella quiso acercarse, realizar todo tipo de averiguaciones y comprender cada uno de los entresijos de la relación que existía entre esos dos individuos. La parte más racional de ella se dio la vuelta y corrió hacia la puerta.

No conocía a los porteros del Rowland's, esa era la primera vez que hablaba con ellos y ni siquiera sabía si eran conscientes de que ella trabajaba allí. Tan solo se dirigió a los hombres con urgencia.

—Problemas. Dentro —informó con voz firme.

Acto seguido, compartieron una mirada cómplice entre ellos, como si ya fueran conscientes de lo que estaba sucediendo.

Uno de los hombres suspiró.

—Te lo dije —pronunció entre dientes.

Solo entonces Gia comprendió que ese tal Bennett sería un problema recurrente en el bar. Pero, si era así, ¿por qué lo habían dejado entrar?

Ambos hombres eran altos y robustos, como si fueran luchadores profesionales. Entraron al local juntos, dejándola sola por un momento. Gia tomó aire profundamente, sintiendo un frío tranquilizador entrando a su cuerpo.

El viento de la calle golpeaba con fuerza sus brazos desnudos. Gia vestía unos vaqueros sencillos y una camiseta roja. No tenía ni la menor idea de qué se consideraba adecuado para trabajar en un sitio como ese, por eso había optado por una indumentaria casual. Acarició la piel de sus brazos un instante antes de regresar al interior del Rowland's. El ambiente seguía alborotado en el interior del bar y, para su sorpresa, casi todo el mundo parecía observar esa guerra fría que se estaba produciendo entre los hombres.

—Bennett, no nos jodas... —pidió uno de los porteros con calma—, si Isaac te ve aquí, vamos a meternos en un lío por haberte dejado entrar.

El aludido alzó ambas manos en un gesto falsamente inocente. Gia se percató de que unas ojeras oscuras le conferían un aspecto casi preocupante a Bennett, como si llevara dos semanas sin dormir.

—He venido a por Richard, solo eso. Dejadme llevarlo con nosotros y no me tendréis más por aquí.

Los dos porteros se observaron una vez más el

uno al otro, y Gia contuvo la respiración, sin saber qué esperar de lo que podría suceder allí.

—¿Qué le vas a hacer?

El gesto de Bennett permaneció imperturbable.

—Eso es entre él y yo.

—Bennett...

—Richard decidió apostar conmigo, sabía a lo que atenerse —interrumpió Bennett.

Gia se temió lo peor. Quizás había visto demasiadas películas de gánsteres, pero se imaginaba que podrían atar a ese hombre de pies y manos y lanzarlo al río Támesis. ¿Serían capaces de hacer algo así?

Richard se tambaleó, intentando escapar de Bennett y sus amigos. Todo sucedió muy rápido en ese momento. El hombre, tan alcoholizado que apenas se mantenía en pie, trató de golpear a Bennett con una puntería pésima. Este último solo se apartó y el gesto hizo que Richard cayera con fuerza, completamente desequilibrado. Se golpeó el rostro contra la madera del piso. Al instante, los dos porteros del Rowland's se lanzaron hacia Bennett y lo sujetaron antes de que se le ocurriera devolverle el golpe fallido a su adversario. El desorden pareció acrecentarse cuando varias personas comenzaron a vitorear y a aplaudir, como si se hallaran en un estadio.

—¡Ni siquiera lo he tocado! —gruñó Bennett, tratando de librarse de ese incómodo agarre—. Lo habéis visto.

Richard se reincorporó como pudo. Un chorro de sangre de color oscuro brotaba de su nariz y Gia no pudo evitar cubrirse el rostro con las manos, sorprendida.

El vocerío del público seguía presente, la música apenas era audible con todo ese alboroto. Fue entonces cuando una voz se alzó por encima del jaleo y Gia reconoció la presencia de Isaac, el dueño del bar. Isaac tenía unos cincuenta años, pero aparentaba ser bastante más joven. Sus ojos, azules y penetrantes, observaban la escena con severidad. Isaac caminó hasta el centro del local, alzándose en sus casi dos metros de altura y abriéndose paso entre la gente.

—Miles —dijo con tono autoritario.

Gia comprobó que Bennett también respondía al nombre de Miles, por lo que uno de los dos debía de ser su apellido. Se preguntó cuál de ellos sería.

Al instante, todas las personas que antes habían gritado, sedientas de sangre, se disiparon por el local. Isaac era la autoridad allí, eso estaba claro. El hombre vestía una camisa de cuadros azul cuyas mangas se había remangado hasta el codo, y un sinfín de tatuajes se dejó entrever sobre su piel. Gia se acercó unos pasos con la esperanza de escuchar la conversación que se estaba desarrollando entre Bennett y su jefe. Le generaba tanta curiosidad esa situación que, de pronto, se había olvidado de que Richard podría acabar esa noche hecho picadillo si se iba con esos hombres.

—Te lo he dicho mil veces, chico. No quiero problemas en el bar —habló Isaac.

Su tono de voz fue más suave ahora, Gia tuvo que aguzar el oído para poder escuchar la conversación y se imaginó que el resto de las personas en el local también intentaban hacer lo mismo de forma disimulada.

—Solo he venido a por Richard. Solo eso —se excusó Bennett—. Te juro que no le he puesto la mano encima.

Isaac negó con la cabeza, como si no lo creyera, en especial al observar la sangre que brotaba de la nariz de su cliente.

—Te lo he dejado claro. No en mi bar. —La voz de Isaac volvió a sonar estricta, casi como si se tratara de un padre regañando a su hijo—. Si quieres hacer tus apuestas y tus negocios, adelante, haz lo que te plazca. Pero fuera de este local.

¿Tendrían alguna relación familiar ellos dos? La curiosidad en Gia se acrecentaba más y más a cada instante.

Bennett le mostró las palmas de sus manos en un gesto que parecía querer librarlo de toda responsabilidad respecto a lo que acababa de suceder allí.

—No he venido a causar ningún revuelo, Isaac. Richard ha adquirido la mala costumbre de apostar un dinero que no tiene. Y si gana algo, no tarda en correr a gastárselo emborrachándose y yendo al local de Cindy, pero cuando pierde no entiende que es él el que tiene que pagarme a mí...

Isaac le dirigió una mirada de repulsión a Richard. Era evidente que lo conocía desde hacía tiempo y que era uno de sus clientes habituales. Gia no sabía qué era el mentado «local de Cindy», pero podía hacerse una idea de a qué se estaba refiriendo Bennett.

—¿Y desde cuándo te has convertido tú en el prestamista oficial de Londres, Miles? —De nuevo, la voz de Isaac sonó más a reproche.

Bennett tragó saliva antes de volver a hablar, su frustración se veía en su rostro.

—Me voy. Pero me llevo a Richard.

—¡No! —protestó el aludido.

Ante sus ojos, Isaac tan solo se encogió de hombros y dio un paso atrás.

—No vuelvas a arruinar la noche de mis clientes de este modo —le dijo con los labios fruncidos en una mueca de desagrado. Isaac, que se encontraba a pocos metros de Gia, se acercó a ella—. Gia, apaga la música y enciende las luces, por favor. Hoy vamos a cerrar pronto.

Ella solo pudo asentir con la cabeza. Apenas había cruzado un par de palabras con Isaac antes, pero él, al igual que en esa ocasión, le había hablado con suavidad y educación. Sin embargo, no podía evitar temblar después de ver con qué facilidad Isaac había logrado detener el altercado —o más bien, la inminente paliza a Richard— que casi se había producido en el Rowland's.

—Y tú, Miles, lárgate de aquí antes de que se me ocurra llamar a la Policía y te toque pasar la noche en el calabozo.

Gia no consiguió moverse durante unos segundos. Permaneció congelada, observando cómo los acompañantes de Bennett tomaban a Richard del brazo con poca delicadeza y lo conducían a la puerta del local. Bennett le hizo un pequeño gesto de despedida a Isaac, sin mediar palabra, y siguió a sus amigos.

Pasó de lado de Gia, tan cerca que se rozaron. Él la miró solo un instante, sin detenerse a observar ningún rasgo particular del rostro de la joven. Pero ella sí pudo hacerlo al tenerlo a tan pocos centímetros. Era alto, más de lo que había imaginado al verlo al principio. Las ojeras amoratadas bajo sus ojos tan solo intensificaban el tono verde claro de estos. Sus rasgos eran agradables, tenía una nariz recta que presentaba un par de reconocibles bultos que solo podían significar que se había —o le habían— roto la nariz en alguna ocasión. Los labios de Bennett eran llenos y más oscuros que la piel bronceada de su rostro. Era atractivo, no era guapo de un modo convencional, pero sí capaz de hacer que Gia lo observara fijamente, tratando de descifrar qué significaba su gesto.

El ambiente se relajó en cuanto Bennett y sus amigos desaparecieron llevándose a Richard.

—¿Estás bien?

Gia se dio la vuelta y se encontró con los dos encargados de la seguridad del bar.

—Estás pálida —apuntó uno de ellos.

Ella trató de sonreír, controlando el temblor que sus rodillas aún acusaban. Le parecía increíble que eso hubiera sucedido en su primer día allí.

—Estoy bien, gracias —contestó por fin—. Soy Gia.

—Ian —se presentó uno de ellos, con el cabello largo y una cara ovalada y ruda que apenas encajaba con su tono de voz amigable.

—Yo soy Akram —se presentó el otro, algo más bajo en estatura, pero con una envergadura similar a la de su compañero—. Sabíamos que Miles iba a liarla, no deberíamos haber confiado en él.

—¿Por qué les habéis dejado entrar, entonces? —preguntó Gia.

—Es una larga historia —contestó Ian.

Ella no necesitó más explicaciones, al menos no en ese momento. Se despidió de los dos hombres con un gesto y se dirigió a la barra de nuevo. Pasó por debajo del mostrador, encontrándose cara a cara con Luke. Él la miraba con expresión de enfado.

—Te dije que no le sirvieras alcohol a nadie que ya estuviera borracho —recriminó él de inmediato—, y Richard apenas se mantenía en pie. Lo has empeorado.

Escuchar eso hizo que Gia apretara los dientes. Ella ni siquiera recordaba haberle dado una bebida a Richard, pero algo le dijo que no serviría de nada rebatir a Luke, no mientras aún estuviera agitada.

Gia se agachó frente al interruptor que le había

visto pulsar a Luke al principio de la noche y encendió las luces, tal y como le había pedido Isaac. Después le lanzó una última mirada a Luke, que tenía los ojos puestos en ella en ese momento.

—Isaac me ha dicho que la noche ha terminado.

Luke no discutió. Con rapidez, el joven apagó la música del local y procedió a comunicarles a los clientes que ya era hora de abandonar el Rowland's.

Capítulo 2

Olivia se sentó frente a ella en la cafetería de la universidad. Gia permanecía absorta en uno de los trabajos que necesitaba entregar para su próxima clase y apenas percibió que su amiga acababa de llegar, hasta que por fin ella habló:

—¿Cómo te fue en el Rowland's? —preguntó Olivia con su voz ligeramente ronca—. ¿Fue una noche tranquila?

Gia miró a Olivia y suspiró. Su amiga estaba muy guapa ese día, y, con su cabello teñido de color rosa chicle, captaba todas las miradas. Olivia llevaba un vestido azul que se ajustaba a su cuerpo, amoldándose a sus pechos y a sus caderas. Era más alta que ella, y sus piernas, largas y pálidas, dejaban entrever algunos tatuajes.

—¿Y ese vestido?

—Un reclamo para que el señor Gold se acuerde de mí y me asigne el mejor puesto para hacer las prácticas —bromeó ella. Olivia siempre tenía en la boca ese tipo de respuestas que, aunque no iban en serio, le sacaban una carcajada a Gia.

—Ojalá funcionara así —se quejó Gia, apartando de la mesa el trabajo que tantas horas le había llevado. Lo guardó en su mochila negra—. Le he dedicado quince horas y, aun así, no tengo ni idea de qué me va a decir. Si al menos Gold fuera un pervertido, sería un tío previsible. ¿No? Pero es justo lo contrario: es tan estricto y difícil de leer que nunca sabes si has hecho el mejor trabajo de tu vida o si has cometido la peor ofensa del mundo.

—No seas negativa, cariño. Ambas vamos a aprobar, ya lo verás. ¿Has comenzado el trabajo final?

Gia negó con la cabeza. De ese trabajo, y de lo que decidiera escribir en él, dependería todo el próximo año en la universidad. Pasaría el siguiente curso en un medio de comunicación como becaria, pero no tenía ni idea de a dónde la mandarían ni de si encontraría un lugar agradable de verdad. Todo dependía del señor Gold.

—No, no he tenido tiempo... ni ideas. Mi cerebro está seco —murmuró, cubriéndose los ojos con las manos.

Olivia posó su mano sobre la cabeza castaña de Gia y peinó ligeramente su flequillo oscuro.

—Va a ir bien, no te preocupes —le susurró con un tono de voz dulce.

El optimismo de Olivia la animó un poco. De nuevo volvió a mirarla a la cara, centrándose en sus ojos castaños y perfectamente maquillados. Olivia parecía una muñeca de porcelana más que una persona de tan perfecta que resultaba.

—Y respecto al Rowland's —respondió Gia—. Bueno..., digamos que podría haber salido mejor. Me hubiera gustado que estuvieras allí. Un psicópata entró al bar con sus secuaces y quiso llevarse a uno de los clientes.

Olivia alzó las cejas, sorprendida.

—¿Cómo?

—Dijo que le debía dinero por una apuesta o

algo así. A estas alturas, me preocupa que lo hayan matado... ¡E Isaac no hizo nada para evitarlo! Al final se lo llevó...

Esa aclaración pareció servirle a Olivia como una información más que valiosa.

—¿Apuestas? Seguro que es Bennett, ¿no?

—¿Cómo lo sabes? —preguntó Gia, sorprendida—. ¿Es el hijo de Isaac o algo así?

—¿Eh? No, no exactamente. —Olivia negó con la cabeza—. Miles Bennett es... Bueno, él era como nosotras. Trabajaba como portero en el Rowland's hace un par de años.

—¿Trabajó contigo allí?

—Sí. Lo conozco desde siempre. Mis padres son amigos de Isaac, así que hemos estado en el mismo círculo de gente durante años.

Esa revelación le resultó de lo más chocante. ¿Por qué nunca había escuchado hablar de él, entonces? Estaba segura de que, visto lo visto, ese Bennett debía de haber causado problemas antes. No se imaginaba a alguien como él manteniendo un trabajo, pero sí robando un banco u organizando una operación de tráfico de drogas.

De todas formas, eso explicaba por qué Isaac parecía tenerle cariño a ese mafioso. Quizás no siempre había ido por allí queriendo cobrarse deudas en los bares a base de violencia.

—Nunca lo habías mencionado.

—Porque ahora es un terrorista —se mofó Olivia con una carcajada—. No, en serio. Bennett era un tío normal, podría incluso decir que éramos amigos. Aunque ya le gustaba meterse en líos, en eso no ha cambiado nada.

—¿Y qué le pasó?

Olivia se encogió de hombros y se puso en pie. Ese gesto hizo que Gia lanzara una mirada a su reloj, ya era hora de regresar a la clase de Gold. Suspiró al pensar cuánto detestaba a ese profesor tan estricto.

—No lo sé, hace más de dos años que dejó de trabajar en el Rowland's y ya no lo veo por ahí. Por si no te has dado cuenta, intento evitar a personas que puedan hacerme acabar con el culo en la cárcel. —Olivia hizo un gesto para que su amiga se diera prisa—. ¿Vamos, Gia?

—Sí, sí.

Gia recogió su ordenador portátil y los papeles en los que había garabateado las ideas del proyecto para la asignatura de Comunicación y Sucesos Contemporáneos. Se echó la mochila al hombro y se puso en pie, siguiendo a su amiga hasta la puerta de cristal para salir de la cafetería.

—¿Por qué te interesa tanto Bennett? —preguntó Olivia de pronto—. Te adelanto que es una mala idea, yo creo que no está bien de la cabeza. Además, creía que ese no era tu tipo.

—¿Qué? —gruñó Gia—. ¡No! ¡Claro que no! —Llegar a la conclusión de que Olivia había insinuado que él pudiera gustarle le resultó perturbador—. Ya me he dado cuenta de que no está bien, no hace falta que me lo confirmes. ¡Creo que quería matar a un tío!

—Bueno, tanto como matar... Estoy segura de que no ha ido tan lejos —murmuró Olivia—. Intenta no prestarles mucha atención a los clientes en el Rowland's, no es el mejor bar de Londres, pero paga las facturas y nos va a dar de comer todos los días, ¿de acuerdo?

Gia contuvo una mueca sarcástica. Como si no se hubiera dado cuenta ya de eso.

—Tranquila, sé defenderme.

Olivia se quedó mirándola un instante, pensativa.

Gia no tenía ni la menor idea de qué podría rondar la cabeza de su amiga.

—¿Y bien?

—Nada —contestó Olivia al cabo de unos segundos—. Es solo que... no sé hasta qué punto saber defenderte puede servirte ante alguien como Miles Bennett.

Después continuó caminando en dirección al aula de su siguiente clase. Gia contuvo la respiración un momento antes de seguir a su amiga.

Pasó más de un mes hasta que volvió a verlo.

Un insistente golpeteo en la puerta del Rowland's llamó su atención. Olivia, que hablaba con Isaac acerca de un pedido de bebidas incompleto que habían recibido, le hizo un gesto a Gia para que abriera.

Aún no eran las cinco de la tarde, así que el bar estaba cerrado y ellos tan solo estaban organizándolo todo antes de que fuera la hora de recibir a los primeros clientes. Ese jueves sería tranquilo, pues el local no se llenaba más que los fines de semana. El Rowland's no era precisamente el sitio de moda, pero contaba con buena música, bebidas más bien baratas y una clientela fija que llevaba unos treinta años acudiendo al bar de Isaac. El propietario había comprado el local siendo muy joven aún, lo había reformado con la ayuda de algunos amigos y había fundado el Rowland's con el nombre de su padre, que siempre había querido tener un bar, pero nunca tuvo la oportunidad.

Isaac le había contado esa historia a Gia en su tercer día trabajando allí. Fue entonces cuando ella decidió que le caía bien ese hombre: le parecía honesto y reservado, y además le pagaba bastante bien y cada semana por su trabajo allí.

Gia abrió la puerta con cierta dificultad, pues ese portón de hierro que garantizaba la seguridad del lugar era bastante pesado. La joven se quedó congelada en cuanto se encontró con ese rostro que había rememorado varias veces desde el día en el que él causó todo aquel revuelo en el bar. Otro hombre acompañaba a Miles Bennett, y Gia lo reconoció de inmediato, pues también había acudido allí la primera noche. El desconocido era alto y pelirrojo, con una ligera barba roja que le confería un aspecto extrañamente amigable.

El primer instinto de Gia fue cerrar la puerta en cuanto se encontró con Bennett. De pronto tuvo miedo. Él la detuvo, frunciendo el ceño con desconcierto.

—Aún no hemos abierto —dijo ella a través de la pequeña ranura que los separaba.

Su corazón se aceleró al hablarle. No estaba aterrorizada, pero sí sentía que su seguridad podría estar comprometida.

—Lo sé —contestó Bennett, sin apenas mirarla—. Quiero hablar con Isaac. Por favor.

Gia suspiró. No tenía claro que Isaac fuera a alegrarse de verlo allí, después de cómo lo había echado de su bar la última vez. De todas formas, decidió que no era asunto suyo decidir eso.

—Un momento —consiguió pronunciar.

Cerró la puerta de nuevo y entró al bar. Recorrió los escasos metros que la separaban del lugar en el que Olivia e Isaac mantenían su conversación. Los interrumpió con la mandíbula ligeramente tensa, alzando su mano para captar su atención.

—Alguien quiere verte, Isaac... —anunció con voz temblorosa—. Es Bennett.

La expresión de Isaac cambió de golpe. Sus ojos se entornaron y él apretó los labios. Después pareció olvidar que estaba hablando con Olivia, pues se dirigió a la puerta principal del local sin mediar palabra. Olivia y Gia se miraron, comprendiendo al instante todos los temores de la otra.

—¿Qué crees que quiere? —musitó Gia.

—Disculparse —contestó su amiga, muy segura de lo que decía—. Imagino que le queda un poco de vergüenza y se siente mal por lo que hizo la última vez. Le ha llevado un buen tiempo arrepentirse.

A primera vista, Bennett no parecía el tipo de tío que se disculpara con facilidad.

—¿Crees que le hizo daño al hombre de la otra noche?

—¿A Richard? —Olivia, al parecer, había escuchado la historia por otras fuentes y ya sabía perfectamente a quién se refería su amiga—. Bueno, no pondría la mano en el fuego por decir que no. —Se giró y comenzó a ordenar las botellas de vino de una de las estanterías de madera del bar, tardó varios segundos en volver a hablar—. No lo ha matado, si eso es lo que te preguntas.

—Parecía muy decidido a cobrarse el dinero que le debía, Olivia. Está claro que es problemático.

Olivia suspiró.

—No le ha hecho nada malo, estoy segura —opinó—. No después de venir aquí y armar un escándalo. Además, Bennett nunca le haría eso a Isaac.

Gia no supo si esas palabras la tranquilizaban, pero apenas estaba decidiéndolo cuando su amiga la observó de reojo de nuevo. Sujetaba una botella de malbec en su mano derecha y parecía estar decidiendo dónde colocarla.

—Gia, ¿a qué viene tanta curiosidad por Bennett? Te he dicho que es una mala idea.

Ella miró con disimulo hacia el lugar donde Bennett e Isaac hablaban. Estaban a pocos metros. Sus susurros apenas eran audibles y Gia tuvo que reconocer que, una vez más, había querido saber de qué estaban tratando. Normalmente no era tan indagadora en cuanto a la vida de los demás, pero ese hombre había despertado en ella un interés inmediato desde el primer momento.

No llegó a contestar a su amiga, pues el acompañante pelirrojo de Bennett se acercó al mostrador y se apoyó sobre la madera con familiaridad, como si lo hiciera a menudo, aunque Gia solo lo había visto una vez antes.

—Hola, Olivia.

—Hola, Samuel —respondió ella con menos expresividad de la habitual.

Eso captó la atención de Gia, pues Olivia siempre era abierta y amable con todo el mundo. Bennett y su amigo debían de gustarle muy poco si ni siquiera era capaz de responder a un saludo fingiendo una sonrisa.

—¿Cómo estás?

—Trabajando —respondió Olivia con sequedad.

Gia la miró con los ojos entornados. Conocía a esa joven desde hacía años y nunca la había visto comportarse así con nadie. En la universidad, Olivia era una de las personas más afables que jamás hubiera visto, por eso se habían hecho amigas al coincidir en la misma clase de Divulgación de la Información.

—¿Y tú quién eres? —preguntó el pelirrojo, curioso.

Tras un momento de duda, la muchacha morena y menuda decidió presentarse.

—Gia.

—Eres nueva, ¿verdad? —Casi resultó una pregunta retórica, pues era evidente que así era—. Yo soy Samuel. A veces vengo por aquí.

—No distraigas a Gia, Samuel. Por favor —gruñó Olivia—. Y no le mientas. Tú *ya* no vienes por aquí.

Si bien él podría haberse tomado esas palabras como una ofensa, una sonrisa blanca y deslumbrante se abrió paso en los labios del hombre pelirrojo. Estaba más que claro que estaba interesado en Olivia, aunque sus sentimientos no fueran recíprocos.

—Tan solo quería invitarte a una fiesta el sábado. En el Blue Zero.

—Creía que el sábado había una pelea.

—Sí, la fiesta es antes de la pelea —confirmó Samuel—. A las doce.

—¿Vas a pelear? —preguntó Olivia con una imperceptible nota de interés.

—Sí. ¿Quieres venir a animarme?

Si lo que había en la voz de Samuel era esperanza, Olivia la destruyó por completo con sus siguientes palabras.

—Creo que para tus peleas te será suficiente con que una de tus neuronas anime a la otra, no me necesitas a mí para realizar ese trabajo.

Gia sintió que sus labios se abrían cuando escuchó ese ofensivo comentario. ¿Qué mosca le había picado a su amiga? ¿Por qué lo trataba así? Quizás, en el pasado, ellos dos habían tenido algún romance y ella aún le guardaba rencor. Gia se percató en ese momento de que, a pesar de considerar a Olivia como una de sus amigas más cercanas, no conocía mucho de su vida. En general, casi siempre se veían en la universidad y solían pasar su tiempo estudiando juntas o acudiendo a bares de estudiantes con algunos de sus compañeros.

Lejos de lo que habría imaginado, Samuel volvió

a reírse de forma cálida. No se sintió molesto por las ácidas palabras de Olivia, al parecer.

—Te dedicaré la victoria, preciosa.

Ella no contestó, sino que volvió a darse la vuelta y procedió a ordenar los vinos una vez más, aunque acababa de realizar esa tarea solo unos minutos antes. Gia no pudo evitar que sus ojos volvieran a centrarse en la conversación que Isaac mantenía con quien, al parecer, era su protegido.

—Si de verdad te arrepientes, entra en razón, Miles —murmuró Isaac, alzando un poco la voz respecto a los tenues susurros que se habían dirigido hasta hacía unos segundos—. No me vale que vengas aquí a decirme que no vas a volver a mi bar a causar revuelo. Lo que quiero es que, de verdad, dejes de meterte en problemas.

—Yo no me meto en nada...

—¡No me tomes por tonto, Miles! Si tanto dices que me respetas, demuéstramelo ahora. Vuelve aquí, al Rowland's. Trabaja conmigo de nuevo, empieza desde cero aquí.

Gia abrió mucho los ojos. No pudo evitar apoyarse en el mostrador, intentando acercarse un poco más para escuchar su conversación con mayor claridad. Parecía que Isaac le estuviera ofreciendo su antiguo puesto de trabajo a Bennett. Ella no podía quitarse de la cabeza el modo implacable en el que ese hombre había agarrado a Richard para ajustar cuentas con él solo unos días antes. Ese tipo parecía un auténtico salvaje que no se regía por ninguna norma que no hubiera impuesto él mismo... ¿Por qué querría Isaac readmitirlo en su anterior puesto?

—No puedo.

—¿Por qué?

—Porque sabes lo que implicaría volver. Y no, no voy a hacerlo.

Isaac asintió con la cabeza. Parecía desilusionado por las palabras de Miles. Sin decir nada más, Bennett se giró hacia el mostrador, buscando a su amigo Samuel para, con toda seguridad, marcharse de allí. Lo que se encontró, en cambio, fue con los ojos oscuros de Gia que lo observaban fijamente.

—¿Y tú qué quieres? —gruñó Bennett.

Gia sintió un inmenso calor subiendo por sus mejillas cuando él pronunció esas palabras. ¿Tan evidente había sido que ella había estado escuchando esa conversación ajena mientras fingía ordenar los vasos tras la barra? Bajó la mirada.

—Nada —contestó.

—Esta es Gia —anunció Samuel en voz alta, quizás con intención de relajar el ambiente—, es la chica nueva.

Bennett no pareció inmutarse ante esa información, pues no volvió a mirarla.

—Vámonos.

Samuel se apartó de la barra, dirigiéndose una vez más a Olivia:

—¿Te espero el sábado?

—En tus sueños —replicó ella.

Samuel lanzó una carcajada que se extendió por todo el local, después se dirigió a la puerta junto a Bennett, que apretaba los puños con fuerza, frustrado al comprobar que Isaac no había aceptado sus disculpas.

—Entonces, ¿no soy bienvenido aquí de nuevo? —preguntó antes de marcharse.

—Eso lo decides tú, Miles. Depende de ti venir aquí como un amigo... o como un enemigo.

Miles mantuvo la mirada de Isaac con firmeza

un instante. Acto seguido, bufó y salió del local sin volver la vista atrás ni una vez. Samuel, por el contrario, se despidió de Isaac con un gesto afable, después salió tras el hombre.

—¿Qué ha sido eso? —susurró Gia, dirigiéndose a Olivia.

Pero no fue ella quien respondió, sino el propio Isaac. Caminó hacia el mostrador con expresión grave. Parecía más dolido de lo que cualquiera de ellas podía llegar a imaginar.

—Eso, Gia, ha sido el nuevo Miles Bennett; un auténtico imbécil. —Isaac suspiró y se encaminó al piso de arriba del local, el lugar donde él pasaba la mayor parte de sus horas en el Rowland's—. Abrimos en diez minutos. Chicas, preparadlo todo, por favor.

Capítulo 3

Había bebido demasiado la noche anterior. Miles abrió los ojos y tardó unos segundos en ubicar dónde demonios estaba, como si despertarse en su propia casa fuera extraño. No se movió durante un momento, tan solo permaneció quieto, cegado por la repentina luz del sol que entraba por su ventana. No tenía cortinas; a decir verdad, prácticamente no tenía nada allí. La falta de muebles era una de las características más llamativas de aquella casa de dos plantas que él había comprado con grandes esperanzas.

Se puso en pie, dejando atrás el colchón tirado sobre el suelo. No tenía ni idea de qué hora podría ser, quizás eran las siete de la mañana o la una del mediodía. Miles bajó las escaleras cubiertas por una moqueta marrón y llegó hasta el piso inferior de su casa. Todo estaba más bien ordenado, aunque la realidad era que tampoco tenía nada para desordenar allí. La cocina era el único lugar que daba la impresión de estar habitado, pues contaba con una pequeña mesa, una silla de madera y algunos electrodomésticos.

Tomó un paquete de tabaco que reposaba sobre la encimera de mármol, agarró un cigarrillo y lo encendió mientras se lo colocaba entre los labios. Le dolía la cabeza y, a decir verdad, no recordaba muy bien qué había sucedido la noche anterior. Miles se sacó el móvil de los pantalones vaqueros con los que se había dormido y gruñó al comprobar que era sábado. Esa noche tenía pelea y se sentía fatal, aunque no era la primera vez que le sucedía algo similar.

Abrió la nevera y tomó una botella de leche de plástico de esta. No recordaba cuándo la había comprado, así que tuvo que olerla para comprobar que no estuviera estropeada. Preparó un café y le añadió un poco de esa leche, esperando que no le sentara mal al estómago. Después se bebió su improvisado desayuno apoyado en la encimera mientras se terminaba el cigarrillo.

Tenía varios mensajes esperando en su móvil, pero hizo caso omiso de estos. Estaba a punto de subir las escaleras de nuevo para meterse a la ducha cuando alguien llamó al timbre. Miles ni siquiera se preocupó del aspecto que presentaba, con esos vaqueros arrugados y esa camiseta blanca y algo sucia. Cuando abrió la puerta principal se encontró allí a Samuel, la única persona que podría aparecer en su casa una mañana cualquiera.

—Menuda cara tienes —le dijo su amigo como saludo.

Ni siquiera pudo insultarlo de vuelta, pues Samuel estaba bastante decente; se notaba que acababa de ducharse y, a juzgar por sus ojos brillantes e inteligentes, era evidente que había dormido bien.

—Bebí ayer —se excusó Miles.

—¿Quién lo diría? —murmuró su amigo con un desagradable sarcasmo en su voz—. ¿Sabes que peleas esta noche?

—Sí, sí lo sé. Pero salí, me encontré con Kim y...

—¿Está aquí? —se interesó Samuel, abriendo mucho los ojos.

Esa pregunta era estúpida. ¿Por qué iba a estar Kim en su casa? Ni siquiera Kim entraba allí. Su casa era sagrada y Samuel lo sabía muy bien.

—Claro que no —respondió Miles.

—¿Has dormido algo?

—Algo.

Miles apretó los labios mientras se dirigía a la cocina. Quiso ser educado con su amigo y decidió prepararle un café también a él, aunque tuvo la suficiente consideración como para no añadirle leche. Mientras tanto, encendió otro cigarrillo y se lo llevó a los labios.

—Deberías descansar más. Esta noche te la juegas contra Ivanov. Lo vi en el gimnasio el otro día y... Tío, está muy bien. Creo que pesa diez kilos más que la última vez que peleasteis.

—No hay problema —lo tranquilizó Miles—, estaré bien en un rato, tranquilo.

—Me han dicho que la apuesta mínima esta noche son doscientas.

Eso eran buenas noticias. Miles no solo participaba en las peleas, sino que, muchas veces, también era quien las organizaba. Si esa noche la apuesta mínima era de doscientas libras, era posible que, al terminar la noche, si ganaba, pudiera llevarse unas tres mil libras solo para él. Samuel también pelearía y él pensaba apostar por su amigo, así que más le valía salir vencedor esa noche. Le tendió una taza roja.

Samuel le agradeció el café con un gesto, después lo miró de reojo mientras Miles le daba otra calada a su cigarrillo. Le pareció cansado, como si, en vez de acabar de despertarse, llevara dos días en pie.

Samuel sentía pena cada vez que lo veía así. Ni siquiera trataba de esconderlo, pero al menos no le decía nada directamente para no hacerle daño. Lo último que Miles quería escuchar era a personas preocupadas por él, compadeciéndose y haciéndole sentir como un perdedor. Quizás por eso se había molestado tanto con Isaac cuando había acudido al Rowland's por la noche y este le había ofrecido de vuelta su antiguo trabajo. Era compasión lo que había visto en sus ojos.

—¿Qué pasa? ¿Por qué me estás mirando?

Miles tenía mala cara, su cabello caía sobre su rostro de forma desordenada. Su cuerpo, a pesar de los excesos, aún se mantenía musculado y bien formado. Al menos ahora, que en gran medida dependía de su estado físico, Miles acudía al gimnasio de forma regular. Si no fuera por la cantidad de alcohol que consumía de vez en cuando de forma desenfrenada, podría decirse que estaba haciendo ciertos esfuerzos por cuidarse. En realidad, había estado peor hacía dos años. *Mucho peor.*

—Nada —mintió Samuel—, ¿sabes que he invitado a Olivia a venir a la pelea?

Una risa ronca abandonó los labios de Miles.

—Como si fuera a venir...

—Yo lo he intentado, al menos. Algún día lo hará, ya verás.

Miles le dio una última calada a su cigarrillo y lo depositó en un cenicero vacío que reposaba sobre la pequeña mesita de la cocina.

—Olivia no es para ti, Sam. Te lo digo porque lo sé, la conozco desde que era una cría.

—¿Y por qué no es para mí? —gruñó él.

Miles no pretendía ofenderlo, en absoluto. Tan solo constataba una realidad: alguien como Olivia no se fijaría en una persona como Samuel. Era una buena chica, con expectativas en la vida y ganas de crecer. ¿Por qué iba a salir con alguien que le traería más problemas que soluciones?

—Porque las chicas como Olivia quieren un buen chico.

—¿Y yo qué soy?

Samuel no era un buen chico para Miles, era *el mejor*. Posó su mano en el hombro de su amigo y observó sus ojos azules. Samuel podría tener a la muchacha que quisiera. Esa misma noche, si así lo deseaba, solo tendría que acercarse a cualquier mujer en el Blue Zero y, con toda seguridad, ella se lanzaría hacia sus brazos sin pensarlo. ¿Por qué, justamente, tenía que querer a alguien que jamás se fijaría en él de ese modo?

—Eres la persona más leal que conozco —le dijo con sinceridad—, seguro que Olivia lo sabe. Pero ¿vas a dejar de pelear por ella si te lo pide? Todavía no hemos llegado al millón.

Samuel frunció el ceño. En ocasiones como esa, Miles veía a su amigo casi como si fuera un niño. Ya tenía veinticuatro años, pero siempre lo había sentido como a un hermano pequeño. Sam lo había acompañado en los momentos más oscuros de su vida, aún lo hacía, y ambos se habían fijado un objetivo concreto: llegar al millón.

—Si dejo el negocio o las peleas, no tendría dinero. Seguro que Olivia tampoco se fijaría en mí entonces.

Eso no era cierto, o eso pensaba Miles. No creía que Olivia tuviera en cuenta ese tipo de cosas. Estaba convencido de que, para ella, sería suficiente con saber que Sam no estaba metido en ningún chanchullo ilegal, pero no quiso decírselo. Era egoísta —sí, sin duda lo era—, pero Miles tenía miedo de lo que sabía que acabaría sucediendo:

Samuel comprendería que esa vida no era buena para nadie, a pesar del dinero, y terminaría por marcharse de su lado. Entonces, Miles se quedaría solo una vez más y no podría lidiar con eso, era algo aterrador para alguien como él.

—¿Quién sabe? —respondió, alejándose de su amigo—. Voy a ducharme y nos marchamos. ¿De acuerdo? Llama a Mike, dile que confirme todas las apuestas de esta noche.

Mike, el dueño del Blue Zero, era uno de sus socios. Miles le pagaba una generosa cantidad a cambio de que él les prestara el sótano de su bar para realizar sus *espectáculos*. Mike se aseguraba de que la Policía no se acercara, moviendo sus numerosos hilos, y también de que los suyos mantuvieran la boca cerrada. Que nadie se fuera de la lengua respecto a las peleas era todo lo que necesitaba.

—De acuerdo —convino Sam.

Miles subió las escaleras con rapidez. Se sentía mucho mejor ahora que, por fin, se había tomado un café. El dolor de cabeza comenzaría a remitir pronto, sabía cómo funcionaba su cuerpo. En realidad, tenía un buen metabolismo y debía agradecerlo. Durante muchos años, había llevado una vida sana y equilibrada. Comenzó a practicar boxeo siendo solo un niño y hasta hacía solo un par de años ni siquiera había fumado nunca. Pero todo se había ido al traste.

Se desnudó con rapidez y abrió el grifo de la ducha, después se metió dentro y dejó que el agua caliente descontracturara su espalda. Seguía sin recordar bien qué había sucedido la noche anterior, pero le traía más bien sin cuidado; estaba vivo, con saber eso ya era suficiente. Miles se contempló reflejado en el inmenso espejo de la pared. El vapor del agua empañaba ligeramente la mampara y salía de la ducha en gruesas nubes blancas, pero él observó con claridad sus piernas fuertes y largas, también su torso bien torneado, tras horas y horas de gimnasio. Pensaba ganar la pelea esa noche y volvería a casa con tres mil libras. Ivanov no tenía posibilidades contra él, ya le había ganado antes y volvería a hacerlo.

Tomó una buena cantidad de gel entre sus manos y la extendió por todo su cuerpo y su cabello castaño. Cerrando los ojos, Miles disfrutó de ese momento en silencio. Por un instante no se sintió mal, solo por un instante. Consiguió deshacer la presión que siempre atenazaba su pecho y el aroma del jabón lo trasladó a tiempos mejores. Le recordó a ella, y entonces, aunque no quería hacerlo, rememoró su piel, la suavidad de sus labios y el sonido de su risa. Tan pronto como lo hizo, se vio obligado a abrir los ojos de nuevo y, de repente, sintió que le faltaba el aire en los pulmones.

Su maldito cerebro la recordaba sin previo aviso, sin que él pudiera hacer nada para detenerlo. Y siempre que pensaba en ella, acababa volviendo a esa mierda de realidad. Esa realidad en la que ella ya no estaba y ahora Miles tenía que apañárselas solo contra el mundo. Sabía que tenía que dejarlo, dejar las peleas, las apuestas y todo lo que eso conllevaba. Ya no podía más, simplemente había tenido demasiado, pero no era capaz de terminar con ello.

Suspiró y cerró el agua caliente. Envolviéndose en una toalla, salió de la ducha. La presión en su pecho había regresado.

Maldita sea, se había convertido en alguien a quien ya no conocía.

***

El sonido de la música y el rumor de las conversaciones de los clientes era constante en el Rowland's. La sala parecía amortiguar todos esos ruidos, conservándolos en esas cuatro paredes.

Por suerte, Gia trabajaba con Olivia esa noche. Había decidido que Luke le gustaba; le resultaba agradable y muy trabajador, a pesar de su evidente timidez, pero a veces se sentía exhausta en su presencia, como si tuviera que cuidar cada pequeño detalle para que él no mencionara que había cometido un error. Al menos solo trabajaba allí tres días a la semana, no lo veía a diario.

—Qué pocos clientes para ser un sábado, ¿verdad? —comentó la joven morena.

Su amiga suspiró, asintiendo con la cabeza. Olivia se colocó tras la oreja un grueso mechón de cabello rosa. Entrecerró sus ojos castaños.

—La gente está en otro bar.

—¿Dónde?

—Se llama Blue Zero.

Gia tomó una botella de refresco de cola de una de las neveras y se la tendió a una joven que le dio varias monedas en la mano; estaban algo pegajosas. Se quedó callada un momento antes de decidirse a contestar, pues el nombre de ese bar le resultaba familiar.

—¿No es el lugar al que ese tal Samuel te invitó? Dijo que hoy habría una fiesta.

El rostro de su amiga pareció contraerse cuando escuchó el nombre del chico. A Gia no le pasó desapercibida esa reacción y volvió a hablar:

—Podríamos ir —sugirió, mirando a su amiga de reojo.

Gia sentía curiosidad. No podía fingir que no había escuchado el resto de la conversación que se había desarrollado delante de sus narices. Samuel había hablado de peleas y no había que ser un lince para imaginarse lo que estaba sucediendo en ese bar.

—Claro que no. ¿Por qué íbamos a hacer eso?

Gia se giró, ocultando una pequeña sonrisa aposentada en su rostro. Abrió la caja registradora y depositó dentro el dinero que la clienta le había entregado. No se le pasaba por alto que, de pronto, Olivia parecía alterada.

—¿Por qué no me habías dicho que tenías un pretendiente?

Tal y como esperaba, Olivia bufó.

—Venga ya, Gia. ¿Pretendiente? ¿Estás en el siglo diecisiete?

¡Bingo! El asunto afectaba a su amiga, estaba claro. Gia nunca había escuchado a Olivia hablar sobre ninguna persona en la que pudiera estar interesada. Era curioso, pues era un tema de lo más habitual para tratar entre amigas y más de una vez habían bromeado sobre algunos de sus compañeros de clase, comentando si alguno de ellos era atractivo y merecía la pena *tomarse la molestia*. Pero la conversación nunca había trascendido más allá y Olivia no le había contado con más detalle si tenía interés en alguien.

—No me has respondido a la pregunta. ¿Por qué no me habías hablado de él?

—Porque no hay nada de lo que hablar. Es un idiota.

Su tono de voz le dejó claro que no quería tocar el tema. Gia se preguntó si, quizás, Samuel le había hecho daño de algún modo a su amiga. Apretó los labios con la duda aún en su mente.

—¿Qué clase de peleas se organizan en ese bar?

Olivia se agachó y sacó un par de vasos de cristal de una de las estanterías de abajo. Los ordenó, tratando de evitar la mirada de Gia. Eran ya las doce y media de la noche y un grupo de clientes abandonó el Rowland's. Ya solo quedaban un par de personas en el local.

—¿Tú qué crees? Son... —Durante un momento pareció visualizar en su mente esas peleas y unos segundos después agitó la cabeza—. Son horribles. Bennett y sus amigos son como animales. Solo piensan en ganar dinero y les da igual lo que tengan que hacer para conseguirlo.

De golpe, Gia sintió la necesidad imperiosa de documentarse por sí misma sobre lo que estaba sucediendo en esa sociedad londinense oculta. Definitivamente, necesitaba algo como eso: una noticia diferente y llamativa.

—Llévame, Olivia.

—¡Ni hablar! ¿Se puede saber qué mosca te ha picado, Gia? —Olivia se puso en pie y la observó de cerca con los ojos entrecerrados. Entonces lo comprendió—. No, ¡no! Ni se te ocurra. Ya sé lo que estás pensando... ¡No me digas que quieres utilizarlo como tu trabajo para el señor Gold!

La había pillado, ya no había nada más que hacer o decir para negarlo. Estaba claro que su amiga se había dado cuenta. ¿Por qué si no iba a estar interesada de repente en un ambiente que siempre le había resultado indiferente? Gia suspiró, tentada de decirle a Olivia lo que quería oír: que no era así y que pensaba dejar el tema de una vez. Pero no lo haría. Gia se mordió el labio observando a Olivia. En parte, se sentía culpable y no quería mentirle.

—Necesito una buena nota. De este proyecto depende que podamos acceder a un buen lugar en el que trabajar el año que viene...

—¡Puedes elegir otro tema! Hay cientos de periódicos y de revistas donde puedes ir, ¡estamos en Londres!

Pero no podía. Si esas peleas eran tal y como Gia se las imaginaba, *esa* era su noticia, por más que quisiera sacársela de la cabeza. Imaginaba el rostro de su profesor cuando leyera su trabajo, cuando comprobara la cantidad de esfuerzo que había puesto en él. Simplemente no existía un tema mejor, Gold iba a quedar sorprendido y admirado al mismo tiempo.

—Yo voy a ir, Olivia —comunicó Gia con voz seria—, aunque tú no vengas conmigo.

—¿Y cómo vas a saber llegar a ese bar?

—¿Has oído hablar de Google, cariño? —bromeó Gia, alzando las cejas. Su tono de voz fue más relajado, esperando, más bien deseando, que Olivia no se molestara con ella.

No funcionó. El rostro de su amiga se tornó aún más preocupado de lo que había estado antes.

Las últimas personas del bar se despidieron y abandonaron el local. Probablemente también querían ir a la famosa pelea. Teniendo en cuenta lo tarde que era y que se habían quedado solas, era momento de cerrar. Gia sintió la tensión de un denso silencio. A decir verdad, no tenía claro si se atrevería a acudir a ese bar ella sola, sin Olivia, pero confiaba en ablandar a su amiga para que aceptara acompañarla.

—Sabes que te puedes meter en un lío enorme si publicas algo relacionado con ellos, ¿verdad?

—Solo quiero ver una pelea, Olivia. Si es demasiado peligroso lo dejaré correr.

Un brillo esperanzado se presentó en los ojos oscuros de Olivia, pero enseguida volvió a mirarla con el ceño fruncido unos segundos más.

—Es demasiado peligroso, Gia. Te lo digo desde ya. Y sé que no lo vas a dejar correr, cuando algo se te mete entre ceja y ceja...

Aun así, Gia no dudó. Estaba decidida a intentarlo, ¿qué podía perder?

—Entonces, ¿vienes conmigo? —preguntó.

Olivia se mordió el labio, debatiéndose entre la culpabilidad y la preocupación. Ella era quien le había conseguido ese trabajo a su amiga y, si se metía en problemas ahora, lo consideraría su culpa. No podía dejarla sola. Tardó unos segundos en decidirse y, cuando lo hizo, lanzó un suspiro resignado.

—¿Tengo otra opción?

Gia respiró, aliviada. Le debía una a su amiga.

Capítulo 4

Parecía una fiesta normal, no había nada fuera de lo común allí. Gia se sintió estúpida. ¿Qué se había pensado? ¿Que en ese bar iban a estar todos drogándose sobre las mesas y con pistolas guardadas en el cinturón dispuestos a comenzar un tiroteo de un momento a otro?

Olivia y ella compartieron una mirada cómplice al entrar en ese concurrido local. Había tantas personas que apenas podían contarse y Gia reconoció a algunos de los clientes que habían acudido al Rowland's antes, ese mismo día. Distinguió a varias mujeres vestidas con ropa brillante, llamativa. En cada esquina encontraba a personas arregladas, como si fueran a asistir a algún tipo de acontecimiento, y se sintió un tanto fuera de lugar con sus vaqueros rotos y una camiseta negra de Jack Daniel's, una marca de *whisky* que regalaba prendas serigrafiadas a los bares que vendían sus productos. Si hubiera sabido que acabaría su noche en una fiesta, probablemente se habría puesto otra cosa, pero tenía que reconocer que ni siquiera ella misma había creído que se iba a atrever a estar allí.

Olivia y Gia se dirigieron a la barra, donde una

camarera las atendió con rapidez. Les sirvió dos copas, casi sin mirarlas a los ojos al interactuar con ellas, como si hubiera tanta gente en ese local que ya ni siquiera reparara en nadie en particular. Preparaba bebidas con una expresión de profundo aburrimiento. Gia pensó que probablemente prefería estar en cualquier otro lugar antes que allí esa noche.

—Es Kim —le informó Olivia en un susurro—, trabaja aquí desde hace años. Es amiga de Bennett.

Esa tal Kim era tan guapa como imponente. Llevaba el cabello teñido de rubio y alzado en una cola de caballo muy tirante en su coronilla, sus ojos azules estaban delineados con maquillaje negro y eso le daba un aspecto en cierto modo agresivo.

—¿La conoces?

—Sí —murmuró Olivia—. Trabajó en el Rowland's durante un tiempo, pero de eso hace ya bastante. No le caigo demasiado bien.

Ambas tomaron sus copas y se alejaron de la barra. Ese bar era muy diferente al Rowland's, que tenía cierto aspecto cálido y hogareño. El Blue Zero parecía una cueva oscura y moderna, la música electrónica retumbaba en las paredes y las notas graves parecían colársele dentro a Gia. Le dio un sorbo a su bebida mientras observaba qué estaba ocurriendo a su alrededor. No tenía pensado beber demasiado esa noche, pues, aunque fuera de forma disimulada y no oficial, consideraba que estaba trabajando en su investigación.

Sus ojos buscaron a Miles Bennett sin que ella siquiera pensara en hacerlo. Si ese tipo iba a pelearse con alguien a golpes esa noche, ¿acaso esperaba que se encontrara en la puerta dando la bienvenida a los clientes? El interés que le generaba ese hombre al que apenas conocía la obligó, aun así, a examinar las caras de todas esas personas que reían y charlaban animadamente en el lugar.

—¡No me puedo creer que estés aquí! —exclamó una voz de pronto—. Samuel me dijo que vendrías y yo me reí de él.

Gia se giró al escuchar una voz suave y musical, y se encontró con lo que parecía una adolescente. Imaginó que, si estaba allí, al menos tendría dieciocho años. La joven tenía el pelo muy corto y pelirrojo, vestía una camiseta escotada y tan repleta de tachuelas metálicas que podría haber cegado a alguien a plena luz del día. Sus ojos azules eran grandes y expresivos, adornados con un maquillaje llamativo y brillante.

—Hola, Chiara —saludó Olivia con una pequeña sonrisa—. No pensaba venir, ha sido...

Chiara se lanzó a sus brazos y la estrechó con fuerza un instante, interrumpiéndola. Después se giró hacia Gia y la observó con curiosidad.

—Esta es mi amiga Gia. Trabajamos juntas en el Rowland's.

—¡No me digas! ¡Qué bien!

Chiara la abrazó también a ella y Gia sonrió ampliamente. No sabía de dónde había salido esa jovencita con rostro de duende y una espontaneidad que le salía por los poros, pero parecía agradable. No se le escapó el enorme parecido que tenía con Samuel, el amigo de Bennett. Compartían rasgos similares, como los ojos o el color del cabello, aunque Chiara era la versión mucho más femenina y refinada de Samuel. Quizás eran familia.

—¿Queréis apostar, chicas? —preguntó Chiara a bocajarro, mostrando una libreta y un bolígrafo brillante—. El mínimo esta noche son doscientas, pero estoy segura de que a mi hermano no le importará que apostéis menos.

Su hermano. Samuel debía de ser su hermano, entonces. Tanto Gia como Olivia negaron con la cabeza ante la propuesta.

—Solo hemos venido a tomar una copa, pero gracias, Chiara.

—Mi hermano se alegraría si apostaras cinco libras por él —comentó la joven—, sentiría que lo estás apoyando.

—Tu hermano ya debería alegrarse lo suficiente si acaba la noche con todos los dientes dentro de la boca.

Ahí estaba de nuevo ese tono amargo que Gia jamás había notado antes en su amiga. Chiara soltó una carcajada y se despidió de ellas con un movimiento de su mano.

—No pasa nada. Tengo que seguir trabajando, os veo luego.

Una vez se hubo marchado, Gia se giró hacia Olivia de nuevo.

—Es una niña, ¿qué quiere decir con que está trabajando? —comentó entre dientes, sorprendida.

—Eso no es importante aquí. Por si no te habías dado cuenta, en este lugar no tienen mucho apego por la legalidad... Y, bueno, creo que ya tiene dieciocho, aunque es increíble que su hermano le permita seguirlo por todos los bares como si fuera su representante.

Le habría encantado saber qué demonios le sucedía a Olivia con Samuel y todo lo que lo envolvía, pero justo cuando ella iba a preguntar sus ojos captaron la figura de Bennett, que pasó a su lado sin mirarla. Vestía una camiseta negra y de manga corta que dejaba a la vista sus brazos musculados y morenos. Su cabello estaba algo alborotado y él lo peinó hacia atrás en un movimiento inconsciente.

Después se acercó a la barra del bar, donde Kim acudió solícita. Gia observó cómo le servía un vaso de *whisky*.

—¿Va a beber antes de pelear? —preguntó. Había una nota de incredulidad en su voz.

—Es Bennett —le comentó Olivia con desgana—, no creas que actúa siguiendo un patrón lógico, está mal de la cabeza.

Después, Olivia desvió la mirada hacia el lugar del que Bennett había salido unos segundos antes. De pronto estaba nerviosa, como si tuviera miedo de que Samuel apareciera también de un momento a otro.

—¿Quieres irte? —le preguntó Gia al notar su incomodidad—. Puedo apañármelas sola, me quedaré un ratito para ver qué sucede por aquí y después cogeré un taxi para ir casa.

—No, no —la tranquilizó su amiga—. Me quedo. No voy a dejarte sola en este sitio.

El ambiente era extraño, tenso. Había muchas personas pasándoselo bien y disfrutando de la fiesta, expectantes por lo que iba a suceder, sí..., pero Gia también vio a otras tantas con gesto hosco y poco interés en disfrutar de sus bebidas y la música; más bien parecían estar esperando algo, aquello para lo que habían acudido allí. Sin duda, ellos eran quienes estaban apostando esa noche y, a juzgar por sus rostros, no tenían planeado perder ni una sola libra.

Gia se estremeció cuando observó de nuevo a Miles Bennett. ¿De verdad ese hombre se prestaba a ese tipo de espectáculos? Una pelea ilegal no era un combate reglado en un *ring*. Más bien ella lo imaginaba como un círculo de gente vitoreando —o abucheando— a dos desgraciados que luchaban por derribarse el uno al otro, sin protecciones, sin atención médica. ¿Era eso en lo que estaban metidos esos hombres? ¿De verdad eso movía tanto dinero como para que apostar costara doscientas libras?

Sintió lástima por él sin siquiera conocerlo. Después se corrigió a sí misma mentalmente, se dijo que si él estaba allí era por decisión propia. Tras contemplar lo que Bennett y sus amigos le habían hecho a ese hombre en el Rowland's la primera noche, era evidente que Bennett se ganaba la vida siendo... *así*.

—Están bajando —informó Olivia de forma disimulada.

Varias personas se levantaron de sus asientos y caminaron hasta la parte trasera del bar. Había unas escaleras de hierro que conducían a una zona privada del Blue Zero. Gia imaginó que ahí era donde se desarrollaban las peleas.

Hombres y mujeres acudían con un afán casi deportivo, exudaban excitación por los poros y era más que evidente que estaban jugándose mucho dinero esa noche. Gia pensó que, si eso se hubiera tratado de un partido de fútbol, ellos habrían sido los típicos hinchas que uno veía vistiendo la equipación de su equipo y con la cara pintada de llamativos colores.

Un cuerpo grande y musculoso empujó a Gia al pasar por su lado. Ella levantó la vista un instante y pudo entrever a un hombre enorme y de cabello rubio platino que se dirigía a las escaleras. Lo acompañaba una mujer menuda. Ambos parecían muy serios, pero a Gia no le dio tiempo de fijarse bien en sus facciones.

—Ese es Ivanov —le susurró Olivia—, también es luchador.

—Es enorme.

—Lo sé. Si le toca pelear contra Samuel, lo va a matar.

Gia no creía que fuera así, si tenía que ser sincera. Samuel era más joven que ese tal Ivanov, saltaba a la vista, también era bastante fuerte y, aunque nunca lo hubiera visto en actitud violenta, algo le decía que podría ser bastante eficiente como luchador.

—¿Y Bennett? —Gia se encontró a sí misma pronunciando esas palabras—. ¿Es bueno peleando?

—Sí, es bueno. Estos chicos pelean desde niños.

—¿Y por qué lo hacen aquí y no de forma legal? —se interesó ella.

La realidad era que Gia estaba almacenando cada pequeño detalle que pudiera conseguir. Pensaba escribirlo todo tan pronto como llegara a su casa. El señor Gold tendría que admitir que su investigación era interesante, novedosa y arriesgada. ¿Qué más podía pedir?

Olivia se encogió de hombros y agitó su cabello rosa en un gesto de incomodidad.

—No lo sé, Gia. Eso se lo tendrías que preguntar a ellos. Yo no los entiendo, ni quiero intentar hacerlo.

Gia se quedó en silencio. Estaba claro que ese tema afectaba a su amiga, pero, aun así, se sentía lo suficientemente atraída por ese asunto como para haberla llevado hasta allí con ella. Olivia fingía que solo estaba en el Blue Zero para acompañarla, pero Gia creía que había algo más. Quizás, al fin y al cabo, sí quería ver a Samuel.

—Vamos —instó Gia.

Veía que todo el mundo bajaba las escaleras, o al menos todos aquellos que daban la impresión de estar nerviosos y de tener dinero, *mucho dinero*. Solo algunas personas permanecieron en el bar tomándose sus bebidas y bailando tranquilamente; estaba claro que no estaban interesadas en la pelea.

Olivia y Gia se pusieron en movimiento permaneciendo muy juntas la una de la otra. Todo a su alrededor parecía hostil y Gia se sentía perdida en ese lugar en el que no conocía a nadie. Justo antes de llegar a las escaleras, un hombre enorme las observó con el ceño fruncido.

—Teléfonos —gruñó.

Tenía en su mano una caja de cartón con varios teléfonos móviles en su interior. Cada uno llevaba una pegatina con un número, probablemente para facilitar la devolución a sus dueños cuando todo hubiera acabado. Gia no podía creerse que tuviera que dejar su móvil, no se fiaba un pelo de ese lugar ni de ese tipo. No iba a quedarse incomunicada en un lugar como aquel.

A su lado, Olivia lo hizo sin rechistar: sacó su teléfono móvil de su bolsillo y lo introdujo en la caja. El hombre le colocó una pegatina y después le ofreció a la joven un papel demasiado pequeño y muy fácil de perder. Gia gruñó y abrió su bolso con disimulo. Sacó de él la funda de su teléfono móvil cerrada y vacía, asegurándose de que el dispositivo permaneciera con ella, dentro de su bolso. El hombre ni siquiera se molestó en comprobar qué había depositado, tan solo pegó la pegatina sobre la superficie de la funda y le entregó un papel igualmente minúsculo a Gia.

Las jóvenes bajaron las escaleras a trompicones, percatándose por primera vez de que esa habitación subterránea estaba a rebosar.

—Nombres —dijo una persona a su derecha.

Gia alzó la cabeza y se encontró con un hombre de mediana edad y más bien pequeño. Tenía un cuaderno roñoso entre los dedos y las miraba con gesto inquisitivo con unos ojos azules y saltones.

—Somos... —comenzó Gia sin saber cómo seguir.

No quería dar su nombre, no entendía por qué debía hacerlo. Apretó los labios y miró a Olivia, que estaba tan congelada como ella.

—Está bien, Mike, son amigas.

Como por arte de magia, Samuel acababa de aparecer tras ellas. Les dedicó una amplia sonrisa que mostraba unos dientes blancos y casi perfectos, tan solo dañados por un incisivo lateral un poco roto. Le daba un aspecto más juvenil, en realidad.

—Necesito su nombre de todas formas —gruñó el tal Mike.

Samuel asintió con la cabeza, indicándoles que no había peligro.

—Olivia.

—Gianna.

Ambas hablaron a la vez. El hombre comenzó a apuntar sus nombres y Gia distinguió cómo, tras escuchar el suyo, el hombre garabateaba *Jana* en el desgastado cuaderno. Ambas caminaron hacia el interior de la sala con rapidez. Si el tal Mike pensaba preguntarles por sus apellidos, no le fue posible, ya que desaparecieron antes de que él se diera cuenta. De todas formas, tampoco le resultaría complicado conocer sus datos; todo el mundo sabía que eran las camareras del Rowland's y por el barrio ya se había corrido la voz de que había una chica nueva en el local de Isaac.

—Sabía que vendrías —dijo Samuel, que aún no se había marchado de su lado.

Olivia puso los ojos en blanco.

—He venido por Gia. Tenía curiosidad y he pensado en traerla para que se dé cuenta de lo cutres que son vuestras peleas.

Samuel soltó una pequeña carcajada.

—Cualquier motivo es bueno, no importa. ¿Vas a animarme?

Los ojos de Olivia se entrecerraron. Ese hombre nunca aceptaba una negativa, seguía insistiendo con su amabilidad y su buen humor característicos. Si pudiera comprender que el contraste entre su dulce personalidad y su forma de vida era demasiado fuerte..., eso era lo que volvía loca a Olivia, y no precisamente en el buen sentido; eso era lo que ella no podía soportar.

—Rezaré para que no te maten, si eso te sirve de algo.

Samuel le dedicó una sonrisa antes de pasarse la mano una vez más por su cabello pelirrojo. Después se marchó de allí, dejándolas solas entre esa marabunta de gente expectante.

Gia había pasado un par de minutos examinando la sala. Era un sótano reacondicionado en el que, sin lugar a dudas, había más gente de la que debería. Unas cincuenta personas se arremolinaban en torno a un círculo sobre el suelo de madera oscuro. La superficie pulida presentaba numerosas manchas incrustadas. Gia asumió que era sangre y ni siquiera se cuestionó ese pensamiento dos veces. El sótano estaba iluminado solo en el centro, por lo que el resto de la habitación permanecía en cierta penumbra. El improvisado cuadrilátero presidía el centro de la sala y tan solo estaba delimitado gracias a un par de cuerdas sostenidas en cuatro esquinas. Parecía más bien algo que habían montado en diez minutos, quizás porque ese lugar no era legal y no era conveniente tener un *ring* permanente allí.

Chiara, la hermana de Samuel, fue quien entró al *ring* primero. En su mano llevaba un pequeño micrófono y su ropa se iluminó aún más con la intensa luz blanquecina del centro de la sala. La joven parecía muy cómoda siendo el foco de atención.

—Hoy tenemos dos combates muy importantes y sé que lleváis más de dos semanas esperando ver algo de acción —dijo ella con su voz dulce, cuyo sonido retumbó en las esquinas del local, donde varios altavoces parecían conectados a ese micrófono—, ¡así que quiero oíros hacer mucho *mucho* ruido! ¡Adelante, Sam!

Samuel llegó al cuadrilátero con gesto serio, muy concentrado en lo que sucedería durante los siguientes minutos.

—Y, en el otro lado, después de casi seis meses de ausencia, ¡le damos la bienvenida a Liam!

Liam era un tipo más bien bajo, recubierto de tatuajes y con el cabello teñido de verde. Entró al cuadrilátero después de Samuel, y Gia se fijó en que su rostro no transmitía ninguna emoción, ni buena ni mala.

—Eso significa que Bennett peleará con Ivanov —le susurró Olivia.

Gia no tenía ni idea de cuánto tiempo podría durar un combate de esos ni tampoco cuáles eran las reglas. No tardó mucho en descubrir lo evidente: no había reglas.

Samuel se quitó la camiseta y la tiró fuera del *ring*, después observó a Liam. Ante los gritos y vítores del público, los dos luchadores compartieron una mirada que solamente pudo ser interpretada como unas disculpas adelantadas. Quizás ellos dos eran amigos...

—¿Quién arbitra la pelea? —preguntó Gia.

Olivia le respondió con una carcajada.

—¿Árbitro? —Su expresión se tornó divertida,

como si la mera idea fuera absurda—. Cariño, espera a ver qué es esto.

Ambos luchadores llevaban solo pantalones cortos y anchos y unos guantes de pelea ligeramente acolchados que, a simple vista, no parecía que pudieran amortiguar ningún golpe. Gia esperaba verlos pelear con alguna protección adicional, pero, al parecer, las cosas no funcionaban así, tan solo un protector bucal acompañaba a esos dos hombres en esa violenta experiencia.

Samuel fue quien propinó el primer golpe, Liam lo esquivó y saltó de forma ágil sobre el suelo, como si estuviera descargando toda la tensión que se estaba acumulando en su cuerpo. Unos segundos después la pelea comenzó a tornarse seria, los puños volaban de un lado a otro y nadie controlaba esa lucha. Tan solo eran ellos dos.

Liam le dio un puñetazo en la mejilla a Samuel y el joven se tambaleó. Gia, que sentía una creciente adrenalina en su interior, se percató entonces de que Bennett también estaba allí. Observaba a su amigo a unos metros de él y resoplaba cada vez que Samuel recibía algún golpe. La indumentaria de Bennett era similar a la de los otros dos luchadores: llevaba puesto un pantalón negro que solo llegaba hasta sus rodillas y una camiseta de tirantes oscura que, ella imaginó, se quitaría cuando llegara su turno de pelear.

Cuando Gia se giró hacia Olivia a punto de comentar acerca de la crudeza de esa pelea, sus palabras se quedaron atascadas entre sus labios y no llegaron a abandonarlos. Olivia estaba pálida, observaba cada segundo del combate con su mano derecha posada en sus labios, sin perderse ni un detalle. Aunque de forma inconsciente, Olivia gimió cuando Samuel encajó un nuevo puñetazo, esa vez en las costillas.

Gia prefería no hacer ningún comentario al respecto, pues la actitud de su amiga ya le resultaba lo bastante extraña. Vio a esos chicos pegarse, arrastrarse por el suelo y golpearse el uno al otro sin ningún tipo de consideración. Y la realidad era que, lejos de escandalizarse..., Gia se sintió fascinada y horrorizada al mismo tiempo. Si, hasta ese momento, ella había creído que eso era «dinero fácil», ahora sabía que estaba más que equivocada, no había nada de fácil en aquello que estaba sucediendo frente a sus ojos.

Todo el mundo a su alrededor gritaba, animando o abucheando a cada uno de los luchadores, y ese bramido colectivo parecía hacer temblar el suelo, construyendo una especie de vértigo que no la asustaba como debería hacerlo. Se trataba de una adrenalina que entraba dentro de su piel a través de sus ojos y parecía moverse libremente por todo su cuerpo.

Samuel remontó unos segundos después. Con el rostro enrojecido y una ceja sangrando, el pelirrojo se centró en su objetivo. Tras un forcejeo que duró lo que parecía una eternidad, ambos cayeron al suelo. Liam trató de deshacerse de Samuel con varios puñetazos, pero esa vez no era él quien llevaba el control. Sam se colocó sobre el musculoso cuerpo de su contrincante y consiguió hacer una maniobra con las piernas que provocó que el torso de Liam quedara encajado entre sus poderosos muslos. En solo un instante, fue evidente quién era el vencedor de esa pelea, pues Liam gimió al no poder respirar a causa del furioso agarre del pelirrojo.

El hombre de cabello verde golpeó el suelo tres

veces con su mano libre y Samuel se puso en pie, rugiendo como si fuera un león. A Gia no le pasó desapercibido el hecho de que, ante los vítores y la oleada de chillidos del público, él buscaba a Olivia entre la multitud. Por Dios, sí que debía de gustarle mucho si, con la cara ensangrentada y la respiración aún agitada después de la pelea, solo podía pensar en mirarla a ella.

Gia extendió el brazo y rozó el hombro de su amiga. Olivia temblaba y le devolvía la mirada al luchador. Ninguno de los dos hizo amago de apartar la vista hasta que Chiara regresó al *ring* con una enorme sonrisa. Abrazó a su hermano y le dio la enhorabuena por lo que acababa de conseguir. Liam, por el contrario, salió del cuadrilátero sin llamar la atención, intentando pasar desapercibido. La pelea había durado menos de diez minutos, pero, aun así, el público estaba enfebrecido, como si acabara de contemplar un espectáculo de horas.

El ambiente, lleno de gritos, resultaba asfixiante.

—Necesito aire —susurró Olivia de pronto.

Gia se dispuso a acompañarla al exterior del local, pero su amiga no parecía querer compañía. En un abrir y cerrar de ojos, Olivia ya no estaba allí; se había desvanecido. Gia estaba sola.

Su mente funcionaba a mil por hora. Pensó en decenas de formas de narrar lo que acababa de suceder, en los detalles que quería plasmar y en cómo escribir sobre esas peleas sería una labor casi liberadora, catártica. Sentía la adrenalina en el pecho, como si se encontrara en mitad de una montaña rusa, justo después de bajar la primera caída. Gia tomó aire profundamente y se centró en buscar a Bennett. Se preguntó si él estaría aterrorizado o, al menos, nervioso. El despliegue de violencia que ella acababa de contemplar era suficiente para que cualquier persona saliera corriendo. Pero algo le dijo que él no lo haría. Al fin y al cabo, ese chico vivía de eso.

Miles Bennett se encontraba a varios metros de ella, alejado de la multitud. Bebía de una botella de agua mientras asentía a lo que fuera que ese hombre, Mike, le decía en voz baja. Gia se fijó en cada centímetro de él, tratando de grabarlo en su cerebro de un modo fotográfico. Quería describir todos los pequeños detalles que viera esa noche, reflejarlos con exactitud milimétrica.

Los brazos de Bennett eran anchos y definidos, su cabello oscuro caía hacia atrás con cierto desorden. No podía verle la cara desde allí, pero sabía que era atractivo de un modo sombrío, casi animal. Se imaginó sus ojos pardos clavándose en el hombre que tenía frente a él y algo en su estómago se movió. Se sentía nerviosa al pensar en una persona que apenas había fijado su mirada en ella durante más de dos segundos seguidos.

Olivia no volvía. Pasaron tantos minutos en los que Gia permaneció allí, quieta, que comenzó a pensar que su amiga se habría marchado. Quizás todo eso era demasiado para Olivia, estaba claro que tenía asuntos no resueltos respecto a Samuel. La entendía. Ni siquiera podía imaginar cómo se sentiría si contemplara a alguien golpear repetidamente a una persona que, de un modo u otro, significara algo para ella.

Chiara entró al cuadrilátero de nuevo con una amplia sonrisa y todos los presentes guardaron silencio. Su voz, amplificada por el micrófono, resonó en la sala.

—¿Habéis disfrutado del primer combate? —aulló.

Todos a su alrededor respondieron con vítores.

Algunos de ellos, con toda seguridad, habían perdido sus apuestas, pero aún quedaba otra pelea más, una que mantenía a todos los presentes en vilo.

—Pues dadles la bienvenida a nuestros nuevos luchadores. —Esperó a que todo el mundo terminara de aplaudir—. Quiero un enorme rugido para el León del Este, el favorito de esta semana: ¡Bennett!

Los presentes correspondieron la petición de Chiara y el ruido se hizo ensordecedor cuando Bennett se abrió paso hasta llegar al cuadrilátero, ahogado en alabanzas y gritos.

—Pero no dejemos que Bennett se confíe, porque aquí tenemos de nuevo a nuestro búlgaro más aclamado. ¡El increíble Ivanov!

La tensión del ambiente creció de inmediato y la multitud gritó cuando Ivanov entró en el cuadrilátero. El búlgaro parecía un coloso y Gia se imaginó a sí misma intentando golpear un cuerpo semejante. No lo creyó posible.

Bennett era unos centímetros más bajo que el otro luchador y su constitución también resultaba menos robusta. Aun así, su cuerpo parecía más proporcionado. Sus brazos largos acababan en dos manos cubiertas por esos guantes que, como mucho, tan solo servían para que no se rompiera los dedos al golpear. Desde el primer momento sus brazos se flexionaron para protegerse el pecho.

Gia tragó saliva y, apenas durante un instante, la sala se quedó en silencio.

Entonces comenzó la lucha.

Capítulo 5

Gia ahogó un gemido cuando Ivanov golpeó a Bennett en el rostro y la sangre comenzó a brotar de su boca. Como si no fuera nada, Bennett escupió sobre el suelo y el pensamiento de que esas peleas eran bastante repugnantes cruzó la mente de Gia.

Ambos luchadores eran experimentados, eso estaba claro. Más que atacarse como salvajes, se miraban de forma calculadora, intentando prever el siguiente movimiento del oponente. Ivanov se arrojó hacia Bennett finalmente y golpeó con fuerza sus costillas. Este profirió un gruñido ronco y logró empujar a su adversario, tendiéndolo sobre el suelo. Bennett quedó a horcajadas sobre el cuerpo del otro hombre y le propinó un puñetazo que enrojeció la mejilla del búlgaro al instante.

De repente Gia sintió una especie de claridad. Estaba intentando recordar cada detalle, quedarse con todo lo que sucedía ante sus ojos, y algo que no se le había pasado por la cabeza hasta ese momento, lo hizo de golpe: de forma casi instintiva, sacó su teléfono móvil del bolso, tapándolo entre la tela de su fina camiseta negra y sus pantalones. Entonces comenzó a grabar con evidente fascinación lo que sucedía ante sus ojos. Nadie a su alrededor se percataba de lo que estaba haciendo de tan sedientos de sangre como estaban.

El vídeo recogía esa pelea, pero sabía que lo haría de un modo superficial. Jamás podría sentirse la tensión solo con mirar las imágenes en una pantalla, no sería suficiente como para retransmitir de forma fidedigna lo que estaba pasando a solo unos metros de ella: el olor a sangre y a sudor, las gotas resbalando por el cabello castaño de Bennett, los aullidos de Ivanov y el modo en el que el corazón de Gia palpitaba.

—¿Qué coño haces? —gruñó una voz de forma repentina.

Ella ahogó un exabrupto cuando una mano cubrió con violencia su teléfono móvil. Cuando Gia levantó la vista se encontró con el rostro amoratado de Samuel, que la miraba con el ceño fruncido.

—¡Guarda eso! —le exigió él, bajando la voz—. ¿Sabes en el lío en el que puedes meterte por grabar aquí?

Como un autómata, Gia introdujo su teléfono móvil en el bolso. Supo que estaba enrojeciendo de vergüenza, y la cara de pocos amigos de Samuel no ayudaba en absoluto. Él, que le había dado la impresión de ser amable y cálido, ahora la observaba como si acabara de cometer el peor de los crímenes.

—No sabía que... —trató de disculparse.

Pero ¿a quién trataba de engañar? Por supuesto que lo sabía. No era estúpida. Por alguna razón, obligaban a la gente a deshacerse de sus teléfonos móviles antes de entrar allí.

Samuel miró a su alrededor.

—¿Alguien te ha visto hacerlo? —dijo, esta vez con un tono de voz ligeramente más suave—. ¿Mike?

Gia negó con la cabeza, ante lo que el luchador suspiró. La realidad era que no tenía ni la menor idea de si alguien la había visto. Se había encontrado bajo un hechizo tan grande que ni siquiera se le había cruzado por la mente pensar que no estaba resultando tan disimulada como creía.

—¿Dónde está Olivia?

—No lo sé. Dijo que iba a tomar el aire, pero no ha vuelto.

Samuel asintió con la cabeza y su cabello pelirrojo se agitó sobre su cabeza. Se alejó de Gia unos pasos.

—No te muevas de aquí, voy a buscarla —le ordenó—. Después te largas. ¿Entendido?

La estaba echando, aunque Gia sabía que se lo merecía en realidad. De pronto sintió vergüenza, como si fuera una adolescente a la que echaran de clase por portarse mal. Bajó la cabeza y apretó los labios, disgustada. ¿Tendría suficiente material para lograr escribir con propiedad acerca de lo que acababa de ver? Quizás no, pero aún podía hacer otras averiguaciones, aunque ya no fuera bienvenida en ese lugar.

—Entendido —respondió en un susurro.

Un inmenso grito se alzó entre el público y ambos se giraron hacia el cuadrilátero. Vieron a Bennett asestándole un violento puñetazo a Ivanov, después, el búlgaro cayó y su nariz comenzó a sangrar profusamente. Bennett permaneció en pie un instante, contemplando a su adversario. Al cabo de unos segundos, alzó los brazos, proclamándose vencedor al ver que Ivanov no parecía ser capaz de levantarse.

El alivio en el rostro de Samuel era evidente. El joven tardó un momento más en volver a girarse hacia Gia.

—No te muevas, vengo ahora —ordenó con severidad.

Se marchó entre la multitud, dejándola entre
una nube de vítores y gritos a su alrededor. Contempló cómo la mujer menuda que ya había visto
antes entró dentro del cuadrilátero y se situó junto
al luchador derribado. Le susurró unas palabras a
Ivanov y este, tendido sobre el suelo, asintió con la
cabeza y logró incorporarse.

La mujer era hermosa. Su rostro mostraba unas
facciones suaves y unos ojos azules y grandes. Estaba claro que amaba al luchador, Gia lo vio en el
modo en el que este logró ponerse en pie y salir del
ring apoyado en ella. Era una imagen impresionante, pues la joven apenas debía de pesar unos
cincuenta kilos y él era un auténtico mastodonte.
Solo después de que él abandonara el cuadrilátero
Gia volvió a fijarse en el ganador de esa batalla y lo
que vio le heló la sangre por un instante al percatarse de que Miles Bennett la estaba mirando directamente a ella.

La reconoció de inmediato: era la camarera
nueva de Isaac.

La respiración de Miles aún estaba acelerada e
Ivanov abandonaba el *ring* junto a Litsa. Chiara se
coló en el cuadrilátero para proclamarlo ganador
con un grito de orgullo y felicidad, pero él ya no
podía apartar la mirada de esa joven. No sabía su
nombre, tenía la sensación de que alguien lo había
mencionado en algún momento de esa semana,
pero no lo recordaba. La observó con el ceño fruncido, ajeno a las palabras que Chiara pronunciaba
a su lado.

Los gritos de su público eran atronadores y

varias personas se colaron en el cuadrilátero para abrazarlo y felicitarlo por su triunfo. No le importaba, no le importaba una mierda, porque esa tía, como quiera que se llamara, había grabado el combate. Lo había captado por el rabillo del ojo, ni siquiera sabía muy bien cómo, cuando Sam se había acercado a ella con rapidez, como un depredador cazando a su presa. Sabía que algo estaba sucediendo y, en tan solo un segundo, entre golpe y golpe, había visto su móvil.

Salió del *ring* de inmediato.

—Pe... pero Miles... —balbuceó Chiara, a punto de decirle algo.

Caminó hacia esa joven con decisión y se le plantó delante de forma intimidatoria. Los ojos oscuros de Gia recorrieron su pecho desnudo y subieron hasta su rostro con lentitud, como si se encontrara ante una montaña que estuviera a punto de derrumbársele encima.

—Ven conmigo —le susurró.

Quería agarrarla para asegurarse de algún modo de que ella no saldría corriendo. Pero no fue necesario.

Ni siquiera él mismo era consciente de cómo había conseguido ver que lo estaba grabando. ¿Por qué se había fijado en ella mientras Ivanov le partía la cara? Quizás había captado su atención ese rostro familiar que no esperaba ver allí. Además, la joven no había sido precisamente disimulada a la hora de sacar su teléfono móvil. Estaba más que prohibido utilizar dispositivos digitales en un combate. Si hubiera sido Mike quien la hubiera descubierto..., las cosas habrían acabado mal para la chica.

—No..., yo no... —balbuceó Gia.

—Ven —repitió Miles.

La instó a caminar, colocándose a su espalda para no perderla de vista, y ella lo hizo despacio, con la cabeza gacha. Tenía el cabello castaño y brillante, era unos treinta centímetros más baja que él y sus pasos eran más bien torpes y nerviosos.

—¡Bennett! ¡Bennett!

Algunas personas trataron de detenerlo, pero Miles les respondió con un gesto que indicaba que hablarían más tarde. Siguió caminando tras esa extraña, guiándola ligeramente con una mano posada en su hombro. La chica temblaba. Hacía bien en estar asustada. ¿Cómo se le había ocurrido ponerse a hacer algo tan peligroso como grabar un combate ilegal? ¿Acaso era estúpida? Gia se giró hacia él al llegar a uno de los muros de esa estancia. Su rostro estaba pálido y se mordió el labio al comprender que la estaba conduciendo a una puerta que llevaba a un lugar desconocido para ella.

—Por favor, no... —susurró con voz suave—, te aseguro que no es lo que piensas.

—Entra —respondió Miles impaciente.

En sus ojos vio que ella creía que iba a hacerle daño, y fue lo suficientemente idiota como para no desmentirlo. Gia alzó su mano y empujó una puerta que daba a un pasillo estrecho y mal iluminado. Un intenso olor a desinfectante la golpeó mientras lo cruzaban. Bennett abrió una puerta negra y ella la cruzó. Miles la siguió, cerrando la puerta a su espalda.

Le iba a dar una maldita paliza, estaba segura. Gia temblaba y sentía ganas de vomitar, pero no pudo hacer otra cosa que obedecerle. Bennett, que acababa de pegarse con un gigante hasta dejarlo inconsciente, no parecía un hombre muy razonable.

Gia tenía un espray de pimienta en el bolso y se vio tentada a cogerlo, pero él podría adelantarse y evitar que lo sacara. Siendo francos, era mucho más alto y fuerte que ella, eso estaba claro. ¿Qué podía hacer para defenderse?

La sala estaba oscura y Miles encendió la luz, apretando un interruptor pequeño y amarillento. Allí solo estaban ellos dos. Gia parpadeó unas cuantas veces, ajustando sus ojos a ese lugar: era un almacén repleto de botellas y cajas. A su derecha, había un lavamanos pequeño y algunas cajas que parecían medicamentos. Se alejó de Bennett tanto como pudo y decidió ser lo más cauta posible, no pensaba discutir con él porque sabía que tendría todas las de perder si decidía ponerse agresivo. Era más que evidente que, por mucho que ella se hubiera creído una superespía, él la había visto grabando.

—Disculpa, voy a borrarlo. Ha sido... ha sido una tontería —se apresuró a decir.

—Dame tu bolso.

Gia frunció el ceño. Él se inclinó ante una de las numerosas estanterías de esa sala y agarró una camiseta blanca que se encontraba perfectamente doblada sobre la superficie de metal. Aquel lugar debía de servir también como vestuario para los luchadores. Miles se puso la camiseta, y el hecho de que cubriera sus músculos fue tranquilizador, al menos un poco. Sus ojos verdes seguían resaltando en ese rostro bronceado, atemorizadores.

—Toma.

Le tendió su bolso sin pensarlo dos veces. De todas formas, él se lo quitaría si se negaba a dárselo, ¿verdad?

Durante un instante, Bennett introdujo su mano dentro del bolso y lo examinó de un modo que pareció una violación a su intimidad bastante flagrante. Gia apartó la vista, incómoda, pero él no dejó de rebuscar entre sus pertenencias.

Con toda seguridad, ya habría tocado varias compresas y tampones con ese estúpido escrutinio. Gia apretó los labios, incómoda.

—En el bolsillo pequeño —le indicó finalmente.

Estaba buscando su móvil, ¿no? Entonces, ¿por qué le resultaba tan difícil encontrarlo? Quizás, además, Bennett tenía pensado quitarle la cartera o algo así.

El hombre sacó la mano del bolso, sujetando entre sus largos dedos un botecito de metal brillante y negro: el espray de pimienta. Claramente, debería haberlo utilizado cuando aún estaba a tiempo. Ya era demasiado tarde. Una pequeña sonrisa sarcástica se dibujó en el rostro de Bennett, como si esa le resultara un arma ridícula.

—Es muy útil, ¿lo sabías? —decidió pronunciar Gia—. Puede sacarte de una situación indeseada.

Miles guardó el espray dentro del bolso de nuevo, sin hablar. Tardó un poco más en, por fin, dar con su móvil. Gia puso tensa, pero no dijo nada.

—Desbloquéalo —ordenó Bennett.

¿Qué opción tenía? Con un suspiro, Gia sujetó el móvil entre sus manos y desbloqueó la pantalla. Después se lo devolvió.

—Lo iba a borrar en cuanto saliera de aquí. De verdad.

Era mentira, desde luego. Pero eso él no lo sabía. No sería complicado escribir su artículo sin ese vídeo, en realidad solo se había decidido a filmarlo porque había algo en esa lucha que le resultaba extremadamente... salvaje, crudo y primitivo. Algo en el modo en el que esos dos hombres habían utilizado la violencia más injustificada entre ellos la atraía. Y el público, enfebrecido, había parecido compartir con ella esa sensación.

Miles tecleó en su teléfono móvil durante varios segundos en los que ella permaneció quieta como una idiota. Estaba tranquila, se había dado cuenta de que no quería hacerle daño, solo asegurarse de que borraba el vídeo. Miles le devolvió el teléfono, acercándose de nuevo a ella. Entonces Gia reparó en que Bennett tenía un corte en la ceja y un poco de sangre manchaba su cara. Debía de ser doloroso y lo mejor era que se curara cuanto antes. Se preguntó si estaría acostumbrado ya al dolor físico, quizás no lo sentía como cualquier otra persona.

—¿Cómo te llamas?

—Gia.

No tenía sentido que le mintiera o se negara a contestarle, pues estaba convencida de que él ya había escuchado su nombre antes, pero no se había molestado en recordarlo y, además, podría averiguar su identidad con solo un chasquido de sus dedos. Ese pensamiento la condujo a fijarse en sus manos envueltas en vendas oscuras. Él, como si acabara de percatarse de que ya no las necesitaba, se dedicó a retirárselas con cuidado. Tenía los nudillos ensangrentados.

—No vuelvas por aquí, Gia —dijo con calma.

Ella suspiró. Eso complicaba más las cosas. Ahora que por fin había encontrado la motivación, el tema perfecto para salir airosa de las exigencias del señor Gold...

—No voy a grabar de nuevo, lo prometo —comenzó—, ya está, simplemente he actuado como una idiota. Pero ya está solucionado, has borrado el vídeo, ¿qué más quieres?

Bennett lanzó una risa sin mirarla a los ojos. Por fin se deshizo de las vendas y las colocó en un lado de lo que parecía ser su estantería propia. Era la versión ilegal de las taquillas de un gimnasio, o esa impresión le dio a Gia.

—No lo he borrado. Sigue ahí.

Eso sí que la descolocó. Gia se quedó sin habla un momento, después reaccionó:

—¿Cómo? ¿Qué quieres decir?

Miró la pantalla de su móvil y, tras entrar en la carpeta de imágenes y vídeos, se percató de que él tenía razón.

—¿Qué has hecho con mi móvil, entonces? —preguntó.

Bennett levantó la mirada y la clavó en ella. Por un instante se aceleró la respiración de Gia. Ese hombre parecía un depredador natural en la selva y ella..., ella era un maldito cervatillo vegetariano. Aun así, no apartó la mirada de él. Quiso mantenerla para aparentar ser más fuerte de lo que era en realidad.

—He enviado a mi teléfono el contacto de tus padres. Así, en caso de que se te ocurra hacer público ese vídeo, del modo que sea, yo tendré que cobrarme el inconveniente de algún modo...

De nuevo volvía a asustarla. ¿Qué clase de maníaco pensaría en algo como eso? Alguien como Miles Bennett, estaba claro. El simple hecho de que tuviera los datos personales de sus padres —y por su culpa— fue helador. De repente deseó que hubiera borrado el dichoso vídeo, incluso deseó que la hubiera encerrado en esa sala para gritarle y desquitarse con ella.

—No, no puedes... —susurró Gia rígida como un tronco—. Puedo llamar a la Policía.

Bennett entrecerró los ojos con un gesto de desinterés, como si supiera que ella no haría eso por pura lógica.

—He dicho que lo haré si algún día publicas el vídeo o se lo muestras a alguien.

—No lo haré —se apresuró a decir ella.

—Mucho mejor para ti.

Escucharlo hablar de ese modo tan calculador... Si Gia se había imaginado a un Bennett más bien estúpido, un luchador gigante con medio cerebro, se había equivocado. Verlo tan imponente, musculoso y agresivo le había brindado una imagen más bien simple de ese hombre. Pero solo tenía que escuchar el tono de voz con el que hablaba.

No había nada simple en Miles Bennett.

—¿Algo más? —gruñó ella, frustrada—. No se lo mostraré a nadie, ni lo subiré a ningún sitio. De hecho, voy a borrarlo. No lo quiero.

Bennett se dirigió a la puerta, con aire divertido.

—No hace falta que lo borres. Puedes utilizar el vídeo para tu disfrute privado cuanto quieras, pero...

—¿Cómo que «disfrute privado»? —le preguntó Gia, interrumpiéndolo con una nota de fastidio en la voz—. ¿Qué quieres decir con...?

Solo entonces cayó en lo que podía estar refiriéndose él. «Disfrute privado». ¿De verdad podía estar insinuando que ella iba a encontrar algún tipo de excitación sexual en esas imágenes? Contemplar la lucha le había provocado un estremecimiento increíble, había sentido el modo en el que su corazón latía, enviando sangre a todo su cuerpo. Pero eso no significaba que a ella pudiera ponerle ver cómo Bennett e Ivanov se golpeaban. Por muy atractivo que fuera Bennett, por muy primarios que hubieran sido sus movimientos...

Una mirada burlona se dibujó en el rostro del hombre y ella tuvo que apretar los puños para no gritarle que quién se había creído. Al fin y al cabo, quería guardar ciertas distancias con él, e insultarlo u ofenderlo probablemente no era lo mejor que podía hacer con alguien que la podría tumbar de un solo golpe.

—Ni en tus sueños —susurró en voz tan baja que se preguntó si Miles lo habría escuchado.

Después, con el bolso entre sus brazos, salió de esa habitación precipitadamente. Apenas había cruzado la puerta cuando se chocó con un cuerpo delgado con largo cabello rosado. Gia se sobresaltó al distinguir a Olivia y se contuvo para no abrazarla, aliviada.

—¿Dónde demonios estabas? —preguntó Olivia—. Te he estado buscando, Samuel me dijo que te había dejado allí..., pero te fuiste.

Sí, se había movido, y no por propia voluntad. Lo primero que Gia pensó fue que jamás podría confiarle a Olivia que había grabado una pelea. Si se lo dijera, Olivia la mataría. Su amiga se sentiría decepcionada por su falta de prudencia y no quería que se enfadara.

—Vámonos, me encuentro algo... agitada —musitó Gia como disculpa.

—¿No te ha gustado el combate?

—No.

Gia respondió con sequedad y ambas se dirigieron a las escaleras para subir al piso de arriba. Aun fuera del local sentía que su corazón seguía latiendo demasiado rápido y había algo que no se le iba de la cabeza: había conservado el vídeo. Quizás no pudiera utilizarlo de forma pública, eso parecía evidente, pero podría verlo tantas veces como quisiera y fijarse en todos y cada uno de los detalles.

La noche había resultado más bien aparatosa, pero al menos había conseguido material suficiente para comenzar un buen artículo.

Aun así, Gia salió del Blue Zero con más interrogantes acerca de ese negocio nocturno que los que habían rondado su cabeza antes, cuando entró en ese bar al que, a juzgar por lo que acababa de suceder, ya no podría regresar.

Capítulo 6

El señor Gold levantó la vista del documento y permaneció en silencio tanto tiempo que Gia sintió la imperiosa necesidad de agitar la pierna con nerviosismo. Se controló tomando aire, y el señor Gold habló por fin.

—Esto es interesante.

Gia dejó escapar todo el aire que había guardado en sus pulmones de golpe. Había pasado varios días escribiendo acerca de esa noche, el día de la pelea en el Blue Zero. ¿Interesante? Ese era el mayor cumplido que jamás le había escuchado pronunciar a su profesor. Una persona tan exigente como él era muy difícil de complacer.

Allí mismo, sentado en la silla de madera de su despacho, William Gold pasó de nuevo las hojas que ella le había entregado un par de días antes y asintió con la cabeza, después se las devolvió a Gia, que adelantó sus pies y recogió los documentos con excitación contenida.

—Asumo que es real, ¿verdad?

—Por supuesto que lo es.

La propia duda ya resultaba una ofensa.

—Bien, es interesante.

Sí, eso ya lo había dicho. Gold apretó los labios

y dirigió sus ojos hacia la ventana de la sala. Gia, que hasta hacía unos instantes se había sentido complacida, supo que algo estaba fallando.

—¿Lo suficientemente interesante como para basar en él mi trabajo final?

El señor Gold tardó unos segundos en responder esa vez y, cuando lo hizo, por fin la miró. Era un hombre austero y serio; atractivo, en cierto sentido. Era conocido como el profesor más duro en toda la carrera y, teniendo en cuenta que su experiencia con él hasta ese momento había sido bastante desastrosa, Gia sentía una imperiosa necesidad por complacerlo, conseguir escribir algo que lo conmoviera. Pero algo le decía que muy pocas cosas impactaban a William Gold.

Gia llevaba desde niña leyendo reportajes, investigando a su modo, incluso mucho tiempo antes de comenzar a estudiar en la universidad. Se sentía fascinada cuando leía una historia impresionante de verdad, cuando encontraba periodistas que amaban su trabajo con tal intensidad y eran capaces de llevar a cabo proyectos increíbles que contaban historias inimaginables.

—Eso dependerá de lo que quiera lograr con ese trabajo, señorita Bay.

¿A qué se refería con eso? ¿Por qué, de pronto, era tan enigmático?

—¿Lo que quiera conseguir?

—¿Quiere usted aprobar o quiere usted hacer un buen trabajo que le abra las puertas de una buena redacción?

Eso era una maldita pregunta trampa. La joven tomó aire antes de hablar. Apretó los papeles que él mismo le había entregado entre sus dedos, nerviosa.

—Un buen trabajo —respondió, pues era la

realidad. Si pensaba esforzarse tanto en ese proyecto sería por la esperanza de conseguir un buen lugar en el que realizar sus prácticas profesionales.

—Esto es interesante, señorita Bay, no me malinterprete. —Era la tercera vez que catalogaba su trabajo con esa palabra—. Pero ¿está aportando algo nuevo? Peleas, dinero y gente que parece perder su humanidad en los bajos fondos londinenses. Usted facilita una visión general a este mundo, sí, pero ¿sirve de algo?

—Sirve para informar, señor.

—Un lector leerá su reportaje y pensará: «Ojalá tuviera las agallas para acudir a una pelea como esta». O quizás: «Esto es reprobable, no me puedo creer que vivamos en un mundo con tan baja moral».

No le gustó el cariz que esa conversación estaba tomando. Gia tragó saliva, confundida. ¿Su profesor le estaba mostrando disconformidad o conformidad con su proyecto?

—¿Y eso es malo?

Gia supo que esa pregunta le resultaba un incordio al señor Gold, porque se quedó callado, mirándola con severidad. Cuando por fin habló, su tono de voz había cambiado.

—Creo que tiene potencial, señorita Bay, pero el potencial no significa nada. Eso solo quiere decir que de este proyecto podría sacarse un buen reportaje. Pero también podría salir algo deplorable si alguien como usted no es capaz de explotar todos los matices y las posibilidades que un tema tan complicado como este requiere.

Lo entendía, ahora sí. William Gold, a su modo, le estaba dando a entender que su investigación era demasiado superficial, aunque a ella no se lo parecía. ¿Qué había más profundo que haberse infiltrado en la propia pelea? Por el amor de Dios, ¡si hasta se había enfrentado cara a cara con Bennett esa noche!

—Quiere decir que debería ir más allá, ¿verdad?

—Efectivamente. Si lo que quiere es acceder a un medio de comunicación reputado, tiene que esforzarse. —Gold la miró con franqueza—. Hábleme de esos hombres, de cómo funciona ese mundo corrupto, de quién demonios siente el impulso de acudir a esos lugares y de apostar esas sumas de dinero por esos luchadores, como si nos encontráramos en un circo romano, en mitad de un combate de gladiadores.

Algo así le llevaría muchísimo trabajo, era consciente, y sería muy complicado de conseguir ahora que se le había vetado la entrada al Blue Zero. Hasta donde ella sabía, ese era el único lugar en el que se llevaban a cabo ese tipo de peleas. En realidad, dudaba mucho que pudiera acercarse más a ese universo de lo que ya lo había hecho.

—Comprendo... —susurró, dubitativa.

Los ojos oscuros de Gold se entrecerraron un momento, justo antes de pronunciar las siguientes palabras:

—Un trabajo como este puede abrirle muchas puertas, señorita Bay. Conozco a un documentalista que lleva años entrevistando a personajes como los que protagonizan su historia. Colabora de forma muy estrecha con la revista *Onzone* y es posible que estén buscando a un becario para el próximo curso.

¿*Onzone*? ¡Era una de las revistas más famosas de actualidad en todo el Reino Unido! Escuchar esas palabras le aceleró el corazón a Gia de inmediato, que se quedó sin habla.

—¿*Onzone*? —logró articular.

—Stephen Miller, un gran amigo de la universidad.

Debía de estar de broma. Stephen Miller llevaba años realizando los mejores documentales del país. Era considerado un magnífico reportero y había viajado por todo el mundo buscando personas fascinantes para narrar sus historias. Su sola mención le ponía la piel de gallina a Gia.

—¿Y cree que Stephen Miller podría interesarse en mi proyecto? —balbuceó ella.

Gold no alteró ni un ápice su semblante serio.

—Si merece la pena y tiene el suficiente peso, no veo por qué no.

Esa promesa era demasiado jugosa. Trabajar con Stephen Miller era el sueño de cualquier periodista, por no hablar de cuánto significaría para un estudiante tener una oportunidad semejante. Eso podría significar acceder a ese puesto como becaria y convertirse en una de las periodistas de *Onzone* tan pronto como acabara la universidad. No se trataba de un simple trabajo, sino que sería el empleo de sus sueños.

Gia tomó aire, recuperando la consciencia. Jamás habría imaginado que alguien tan frío y sobrio como el señor Gold pudiera exponer ante sus ojos una oportunidad semejante.

Supo al instante que lo lograría, costara lo que costase. Si tenía que investigar de incógnito o esperar en la puerta del Blue Zero para poder entrevistar a todas y cada una de las personas que acudían a las peleas, lo haría. Gia no podía dejar escapar esa ocasión.

—Lo hará, se lo garantizo, señor.

Gold asintió con la cabeza sin mayores aspavientos y Gia supo que era el momento de marcharse de allí. Tenía demasiado trabajo por delante y debía darlo absolutamente todo para poder llevar a cabo sus planes. Pero merecería la pena, seguro que lo haría.

—Gracias, señor Gold.

—Nos vemos pronto, señorita Bay. Manténgame informado de sus avances.

Gia salió del despacho de su profesor con pasos lentos, intentando disimular la emocionante realidad: le temblaban las piernas al pensar que, por primera vez en su vida, su esfuerzo podría derivar en la más importante de las oportunidades, y no iba a dejarla escapar.

Había visto a Bennett fumando en la puerta del gimnasio en varias ocasiones, sabía dónde entrenaba y que pasaba allí varias horas a la semana. Era cuestión de lógica que Samuel también fuera allí, ya que esos dos parecían estar pegados con pegamento. El local estaba a solo un par de minutos andando del Rowland's, no tenía por qué resultar sospechoso que ella quisiera acudir allí. Al fin y al cabo, era el gimnasio que estaba al lado del lugar donde trabajaba.

Gia tardó dos semanas en tomar la decisión de, por fin, decidirse a hablar con Samuel. Pensaba que, si ese joven estaba tan enamorado de Olivia como parecía, entonces habría algo genuinamente bueno dentro de él. Merecía la pena intentarlo. Concertar una entrevista con un luchador no parecía la mejor idea del mundo, pero tampoco tenía ninguna otra opción. Al menos ya conocía a Samuel, no era como si fuera a acercarse a Ivanov en mitad de la calle a pedirle una entrevista.

En esas semanas, Gia había hecho su trabajo de campo bastante bien: había pasado un par de veces por el Blue Zero, hablando de manera informal con alguno de los clientes y ganándose numerosas miradas reprobatorias por parte de Kim, la camarera de ese lugar, que sin duda la percibía como una intrusa. No la culpaba, ella misma se sentía una extraña allí.

Pero necesitaba sacar adelante su trabajo de algún modo. Para Gia, esa era su principal motivación en ese momento: conseguir algo valioso por fin. Siempre había sido decidida en ese aspecto y sus padres siempre le habían enseñado que, cuando se quería algo en la vida, solo quedaba alzar la cabeza y perseguir cualquier oportunidad sin descanso. No provenía de una familia que pudiera recomendarla o con contactos para colocarla en alguna revista londinense. Si quería lograr lo que se había propuesto, debía pelear por ello.

Llegó al gimnasio con una mochila deportiva y vestida con unas ajustadas mallas negras que no la habían protegido del frío tanto como le habría gustado. En eso consistía llevar a cabo su investigación, en meterse de verdad en ese mundo, en experimentarlo por completo. En la mochila llevaba una toalla, una botella de agua y ropa para cambiarse como si realmente hubiera acudido allí para hacer deporte.

Cruzó la puerta del edificio con las piernas temblando. Esperaba no encontrar allí a Bennett, eso era lo único que pedía, pero por más que lo había intentado, no había sido capaz de perfilar un horario en el que él estuviera o no en el gimnasio. Quizás porque era una persona de lo más desorganizada; aparecía y desaparecía a placer, sin seguir una rutina. Todo lo contrario a ella, que siempre quería tener cada pequeño cabo atado.

En cambio, Samuel acudía al gimnasio casi

todas las mañanas durante dos horas y después, día tras día, caminaba por delante de la puerta del Rowland's, quizás con la intención de conseguir ver a Olivia. Gia se había dado cuenta de eso, lo veía pasar por delante del inmenso ventanal frontal del local, con su ropa de deporte y el cabello pelirrojo y algo despeinado, pero nunca entraba. Si Olivia estaba detrás de la barra, Samuel se quedaba parado unos segundos y después seguía su camino. Gia estaba segura de que su amiga ni siquiera se imaginaba que Samuel seguía esa rutina casi a diario, y ella no se lo había querido contar. No entendía bien por qué, pero la sola mención de Samuel ya ponía tan nerviosa a su amiga que era mucho mejor no insistir con el tema, dejarlo estar.

La visión de ese gimnasio la sorprendió, pues no se habría imaginado que ese lugar fuera... así. No parecía un gimnasio al uso, más bien era un local acondicionado con un par de máquinas para realizar ejercicios. El resto era *aterrador*: en el centro del amplio recinto había un par de cuadriláteros, aquellos sí eran de verdad, no como el improvisado *ring* del Blue Zero. Tenían más de metro y medio de altura y el suelo rojo y brillante resaltaba en ese lugar cuyos colores eran predominantemente sobrios. El olor a sudor y plástico la impactó al principio, aunque Gia se percató de que, poco a poco, se iba acostumbrando.

El sitio no estaba demasiado lleno y lo agradeció. Uno de los cuadriláteros estaba vacío y en el otro un par de jóvenes practicaban alguna clase de boxeo que ella no terminó de captar. Le llamó la atención su juventud, pues estaba segura de que ambos rondaban los quince años. ¿A qué edad se iniciaban los jóvenes en ese lugar en el uso de la violencia? Se obligó a parar y reflexionar. El boxeo era un deporte, lo que era un despliegue de violencia injustificada eran las peleas ilegales de Bennett y compañía.

—¿Puedo ayudarte?

Una voz femenina la sacó de sus pensamientos y, cuando se giró, su pulso se aceleró al momento, sintiéndose nerviosa. Era una mujer de unos treinta y cinco años, musculosa pero esbelta a la vez, con el cabello rubio recogido en una alta cola de caballo. Vestía un top ajustado que solo le cubría los pechos y unas mallas deportivas se ajustaban a sus poderosos muslos. De pronto, Gia, que no había ido jamás al gimnasio y que tenía un cuerpo más bien delgaducho, se sintió una vergüenza para la vida *fitness*.

No supo si fue su imaginación, pero el tono de voz de la mujer parecía ciertamente acusatorio, como si ese «¿Puedo ayudarte?» significara más bien «¿Qué haces aquí?».

Se aclaró la garganta antes de hablar:

—Estaba pensando en apuntarme a este gimnasio —balbuceó.

Se tranquilizó cuando una inmensa sonrisa se formó en el rostro de la mujer, que inmediatamente le tendió la mano..

—Me llamo Rebecca, bienvenida.

Debían de haber sido imaginaciones suyas el pensar que había algo desagradable en ella, quizás estaba tan tensa que cualquier cosa conseguía asustarla. Se reafirmó en esa idea cuando, durante los siguientes treinta minutos, Rebecca le enseñó cada rincón del gimnasio y le explicó un millón de detalles técnicos que ella no entendió bien. Le enseñó términos como MMA, artes marciales mixtas, *kick-boxing* y *muay thai*. Gia solo podía pensar que no había una sola razón en el mundo que pudiera subirla a un *ring* para pelearse con alguien, aunque fuera deportivamente.

Después de la larga explicación, Rebecca la acompañó a rellenar todos los papeles para su inscripción en el gimnasio y le cobró unas dolorosas cincuenta libras que le garantizaban acceso a todas y cada una de las herramientas de ese lugar durante todo el mes. Para Rebecca, ese parecía ser el paraíso en la tierra. Gia se preguntó a sí misma, con una sensación algo culpable, si esa mujer se habría sentido engañada de haber sabido la verdadera razón de por qué estaba allí.

Una vez que se quedó sola, y algo intimidada por la situación, Gia se dirigió a una de las máquinas que, sabía, servían para entrenar los abdominales. Un tanto dubitativa, la joven se subió en ella y trató de pensar en que nadie la estaba mirando, todos parecían centrados en sus propios ejercicios y ella lo agradeció. Extendió las piernas, las ajustó en un tope de gomaespuma y se decidió a realizar el primer abdominal. Dolió, dolió mucho.

—Dios mío... —susurró, arrepintiéndose al instante de haber llevado una vida sedentaria durante demasiados años.

Apenas llevaba *ejercitándose* —o más bien tratando de hacerlo— unos minutos cuando lo vio entrar. Samuel, a la misma hora de siempre, con una bolsa oscura bajo el brazo y su habitual sonrisa agradable, cruzó la puerta del gimnasio. Tardó en verla, a pesar de que Gia sentía que estaba llamando la atención a más no poder al ser la única persona que, saltaba a la vista, jamás antes había pisado un gimnasio. Trató de fingir que no lo había visto, centrándose en intentar completar otra tanda de tres dichosos abdominales que le provocaron un intenso dolor en el estómago. ¿Qué clase de tortura era esa? ¿Quién querría ir allí por voluntad propia?

Samuel se acercó a ella con rapidez, como un gato que acaba de reparar en un ratón. Y ella se decidió a no girar la cabeza hasta que él no le hablara.

—No, maldita sea —siseó él tan pronto como llegó a su lado, negando con la cabeza—. ¿Qué haces tú aquí?

Gia puso todos sus esfuerzos en hacerse la tonta.

—¿Samuel?

Y él se llevó las manos a la cabeza, en absoluto convencido por su actuación.

—No sé qué estás intentando, pero no lo hagas, de verdad.

—¿A qué te refieres? —Gia se incorporó, poniéndose en pie con un doloroso movimiento—. Estoy en el gimnasio, entrenando.

Él miró a su alrededor, preocupado de que alguien pudiera escucharlos. Pareció más aliviado al comprobar que nadie les prestaba atención. Samuel estaba ansioso de repente, era más que evidente.

—Mira, no soy tonto. Intentaste grabar el combate del otro día y ahora estás aquí... —Chasqueó la lengua—. Sé que estás en la universidad con Olivia, eres periodista y..., créeme, no te conviene meterte en este mundo.

—¿Qué mundo? —trató de rebatirle ella, una vez más.

—¡Gia! —exclamó Samuel, molesto—. Deja de actuar de una vez.

Ella suspiró, resignada. Tenía razón y estaba claro que no había sabido reaccionar. Samuel le parecía una persona agradable y, en cierto sentido, dulce. Pero no podía olvidar la cara B de ese joven, la que había visto en el cuadrilátero del Blue Zero.

Tardó varios segundos en reunir las fuerzas suficientes para sincerarse:

—No voy a poner a nadie en peligro, te lo aseguro. Solo quiero..., solo quiero una historia buena de verdad.

—Esto no es una historia que necesite cobertura, ¿vale? Es nuestra vida y, por desgracia, puede tornarse turbia con mucha facilidad. No lo sabes, pero la primera persona que estará en peligro eres tú misma si quieres meterte donde no te llaman.

—No quiero nombres, ni sitios concretos, Samuel. Quiero una buena narrativa, algo que investigar y elaborar.

El chico chasqueó la lengua y, durante unos segundos, se dio la vuelta y caminó unos pasos alejándose de Gia. Regresó poco después, como si no le hubiera dicho todo lo que tenía en la cabeza.

—¿Y no puedes buscar otra historia? Un hospital o..., no sé, una funeraria. Allí tendrás una buena narrativa e historias trágicas a patadas.

El problema era que la mente de Gia ya se había hecho a *eso*. Había pasado las últimas noches agitada, reproduciendo una y otra vez el vídeo que había grabado de la pelea de Bennett y visitando durante horas decenas de artículos escritos por el legendario Stephen Miller, comparando su estilo con el suyo. Contraria a sus propios principios, se había aventurado a imaginar qué había detrás de esos luchadores, por qué habían llegado a llevar esa vida. Se imaginó infancias rotas, malos padres y adicciones. Y ahora ya no podía pararlo. No salía de su cabeza.

—Dame una entrevista —propuso ella por fin—. Diez preguntas, sin fotos ni nombres ni nada. ¿De acuerdo? Nadie sabrá nunca quién eres.

Samuel bufó, una reacción que ella ya se esperaba, en realidad.

—Ni de coña.

—Venga, Samuel. Por favor.

—¿Estás loca? —Se llevó una mano a la cabeza al pronunciar esas palabras—. No soy un experimento que psicoanalizar, ¿qué te hace pensar que voy a prestarme a algo así?

Y, para eso, Gia al menos había pensado en un motivo.

—Sería una entrevista sincera, podrías decirme qué te ha llevado hasta aquí, explicar tus circunstancias. ¿No te gustaría que Olivia te viera? Que te *viera* de verdad, quiero decir.

Samuel se quedó bloqueado al escucharla. Entrecerró los ojos cuando la volvió a mirar.

—¿Qué es esto? ¿Una especie de chantaje?

—Desde luego que no. Es solo... un intercambio, los dos saldríamos ganando: yo obtengo mi historia para mi trabajo de la universidad, sin involucrar a nadie más, y tú consigues que Olivia te entienda mejor.

El chico pelirrojo se le acercó un poco más, como si no pudiera decidir qué palabras debía pronunciar a continuación. Desde luego, la propuesta le había parecido un auténtico suicidio al principio. Pero, aunque no comulgara con su razonamiento, no podía negar que tenía cierto sentido.

—¿Y tú cómo sabes lo que yo quiero de Olivia?

—Lo he visto, Samuel, alto y claro. Lo he visto mejor que ella, de hecho.

—¿Además de periodista y de una persona con muy pocos escrúpulos respecto a la privacidad ajena, también eres una experta en el amor?

A Gia le resultaba divertido estar manteniendo esa conversación extrañamente pasivo-agresiva. Pero sentía que, a cada momento que pasaba, parecía tener más posibilidades de salir ganando.

Jamás se habría definido a sí misma como una experta en el amor, más bien, era uno de esos temas que ella no podía manejar en su propia vida. Sus experiencias amorosas eran más aburridas que una noche en un desierto. Pero ¿respecto a los demás? Era capaz de ver las circunstancias con claridad. Era evidente que Olivia sentía algo por Samuel, fuera lo que fuera, y si se mantenía alejada de él, tanto física como emocionalmente, era porque su propio concepto de ese hombre era más fuerte que las sensaciones que él le transmitía. Gia pensaba de verdad que, si su amiga era capaz de verlo de un modo más profundo, la coraza que ella misma había construido para separarla de Samuel podría desaparecer.

—Piénsatelo, ¿vale?

Gia lo miró a los ojos en silencio, después se agachó para recoger su bolsa de deporte del suelo y se marchó de allí, decidiendo que eso era lo mejor que podía hacer. Samuel era algo esquivo y podría enfadarse si ella insistía. Lo más prudente en ese momento era, simplemente, dejar el balón en su campo.

Salió a pasos apresurados, con la respiración algo acelerada aún por esa hora de inesperado ejercicio y su encuentro con Samuel. Se estaba jugando no solo aprobar el trabajo del señor Gold, sino también la posibilidad de conseguir el empleo perfecto en pocos meses. Sentía bastante presión y, para colmo, le dolían los muslos. Sabía que al día siguiente las agujetas la matarían.

Abrió la puerta del gimnasio y, justo mientras salía por ella, se chocó con un cuerpo mucho más grande que el suyo. Su bolsa deportiva cayó al suelo con un golpe brusco y ella retrocedió, sorprendida por el impacto.

—Perdón —susurró Gia.

La otra persona no dijo nada, simplemente se agachó para ayudarla a recoger la bolsa y, al mismo tiempo, ambos se percataron de la identidad del otro. Bennett cambió su expresión neutral a un ceño fruncido al reconocerla y sus ojos verdes la observaron un instante, confundido. Verlo allí era, precisamente, lo que ella había querido evitar. Mientras su corazón comenzaba a latir, desbocado, Gia se apresuró a agarrar su bolsa de deporte y se hizo a un lado, deshaciendo por completo el roce con ese chico que tanto la aterraba. Después apretó con fuerza su teléfono móvil en la mano, casi como por instinto, y se marchó de allí con rapidez antes de que él pudiera decir algo o recriminarle su presencia allí.

Cuando Miles Bennett abrió la boca para hablar, Gianna ya se había ido.

Capítulo 7

Miles y Luke nunca se habían llevado bien. Miles siempre lo había percibido como alguien demasiado metódico. Quizás, su desagrado estaba relacionado con el hecho de que él era una persona muy caótica, al menos se había convertido en una, y de que Luke contaba con una personalidad contraria a la suya. Miles pensaba que solo hacía falta ver a Luke y su forma de trabajar para saber que, si Isaac decidía dejar el Rowland's en algún momento y retirarse, Luke cuidaría de todo como si se tratara de su propio negocio. En ese aspecto, tenía que admitir que sentía cierta admiración hacia Luke: era un tío decente.

Miles llegó a la puerta del bar y lo vio allí, fumando en la calle. Hacía frío, así que el joven parecía entrar en calor dándose paseos frente a uno de los ventanales del local. En cuanto Luke lo vio acercarse, su expresión cambió al instante. Tiró el cigarrillo al suelo y lo apagó con el pie, después agarró la colilla entre sus dedos y la guardó en la mano, probablemente para lanzarla en el cubo de basura del interior del Rowland's.

—¿Qué haces aquí? Isaac no te quiere en el bar.

Tal y como esperaba, Luke actuaba como un

guardián que acataba con lealtad las normas que Isaac había sentado.

—No he venido a buscar problemas —fue lo único que dijo.

Luke abrió la boca dispuesto a contestarle, pero él se adelantó un par de pasos antes de que el camarero volviera a interponerse en su camino.

—Te he dicho que Isaac no te quiere aquí. ¿No eras tú quien tanto hablaba de respetar a Isaac hace un tiempo? ¿Por qué no haces caso a tus propias palabras?

Le jodió que le dijera algo así. Isaac, durante años, había sido como un padre para él. Pero no era su padre, ese era el problema, y finalmente había terminado obedeciendo a sus impulsos y marchándose del Rowland's, dejando el más puro caos a su alrededor y habiendo decepcionado a una de las personas que más le importaban en el mundo. Por muy doloroso que le resultara, tenía que admitir que Isaac ya no quería verlo por allí y no podía culparlo.

—De acuerdo, de acuerdo —contestó, dando un paso atrás—. Entonces, dile a la chica que salga.

Esa vez, la mirada de Luke se volvió curiosa. Miles habló de nuevo antes de que Luke preguntara:

—A la camarera nueva.

Sabía que se llamaba Gia, Samuel se lo había repetido hacía un par de días en el gimnasio, pero no pensaba tratarla como si la conociera. Su única interacción con ella hasta el momento había sido, al fin y al cabo, pillarla grabando en el Blue Zero como si se creyera una agente infiltrada.

Tras hablar con Samuel, entendía de qué iba esa tía. Y también entendía de qué iba todo ese numerito de aparecer en el gimnasio en el que entrenaban. Samuel se lo había contado todo y ahora tenía una conversación pendiente con ella.

—¿Para qué?

—No es de tu incumbencia, Luke. Dile que salga. —Se obligó a sí mismo a ser más educado—: Por favor.

Luke asintió con la cabeza, como si en cierto modo el gesto de Miles lo hubiera convencido. La realidad era que esa situación le producía cierta curiosidad: ¿por qué Bennett acudía esa noche al bar a hablar con alguien a quien, en teoría, no debería conocer muy bien?

El camarero desapareció dentro del bar, dejándolo allí afuera. Miles sabía que era demasiado pronto para que los porteros hubieran llegado, así que permaneció solo, esperando durante un par de minutos. Cuando por fin se abrió la puerta y Gia salió del Rowland's, él trató de permanecer estoico. La chica llevaba el cabello oscuro y liso recogido en una cola de caballo despeinada que dejaba escapar un flequillo rebelde. Sus ojos rasgados y de color café parecieron sorprendidos, como si no se hubiera creído que él estaba allí para verla hasta que lo había comprobado con sus propios ojos. Vestía una camiseta negra y sencilla y unos pantalones vaqueros que se ajustaban a sus caderas y a sus muslos. No se le escapaba que estaba buena, mucho, pero eso no era excusa suficiente para pasar por alto lo que sabía de ella.

Tras la sorpresa de su rostro Miles fue capaz de percibir un instante de miedo. Eso le hizo sentir bien, poderoso; no quería que esa chica creyera que podría salirse con la suya poniendo ojitos de cordero degollado.

—Hola —lo saludó, su voz era dulce.

Miles no se anduvo con rodeos:

—Te crees muy lista, ¿verdad?

Por instinto, Gia dio un paso atrás. Tardó unos

segundos en alzar la cabeza y cruzarse de brazos. Su expresión cambió y frunció el ceño.

—¿Qué quieres?

—¿No te lo imaginas?

Sí, Gia se lo imaginaba. ¡Por supuesto que sí! Llevaba un par de días esperando una visita como esa, pero no había querido asumirlo en voz alta.

—Has hablado con Samuel.

Miles respiró profundamente. Se había preparado un millón de formas de ir a increpar a esa joven, pero ahora que estaba allí no tenía claro cómo actuar. Eso era nuevo para él, era muy rara la ocasión en la que no pudiera utilizar el mismo procedimiento una y otra vez. Su vida era una rutina de la que ya nunca salía, que se repetía constantemente y lo ahogaba, sí, pero que al mismo tiempo le ofrecía la tranquilidad de que nada nuevo ni impredecible sucedería. Hasta que llegó ella.

—¿Qué clase de persona eres? Primero vas al combate, tengo entendido que obligaste a Olivia a que ella misma te llevara, comenzaste a grabarlo como si fueras una *Paparazza* y ahora le propones a Samuel una entrevista con la promesa de que así conseguirá que Olivia se enamore de él. No entiendo de dónde has salido. ¿Eres policía?

Sabía que no era policía y también sabía que Gia estudiaba en la universidad con Olivia, pero aun así le resultaba extraño pensar que, en solo un mes trabajando en el Rowland's, ya hubiera sido capaz de provocar tantos enredos.

Gia, por su parte, se quedó callada un momento. La verdad era que, visto tal y como él se lo acababa de exponer, no salía muy bien parada. Chasqueó la lengua.

—Claro que no soy policía.

—Entonces, ¿a qué vienen tantas investigaciones?

La joven se acarició los brazos en un gesto que denotaba que tenía frío. En realidad, la noche era oscura y el mes de noviembre no era demasiado cálido en Londres. Miles, al ver ese gesto, experimentó la repentina tentación de brindarle su chaqueta. Solo fue un pensamiento que cruzó su mente, sin que él lo invocara, y, una vez que lo analizó, le resultó ridículo.

—Estoy haciendo un trabajo para la universidad y quiero escribir sobre esto.

—¿Esto?

—Las peleas... Pero quiero centrarme en las personas que las conformáis, contar vuestra historia.

Miles ahogó una risa sarcástica.

—Buena suerte con eso, preciosa.

Eso sí le molestó. ¿Por qué demonios tenía que meterse? Ella no había contactado con él en ningún momento y no pensaba utilizar su dichoso vídeo para nada. ¿Acaso quería sentirse importante? Bennett, el rey de las peleas clandestinas londinenses, ¿podría estar sintiéndose dejado de lado?

—No entiendo por qué te afecta a ti, solamente hablé con Samuel.

—Me afecta porque has venido al gimnasio con el único propósito de molestar a mi mejor amigo, de ilusionarle a cambio de que él te haga el favor de responder a un par de preguntas que te servirán para dibujar su mundo, mi mundo, como si fuera un agujero inmundo, una caricatura. Y no voy a permitir que sirvamos de entretenimiento, como si fuéramos un circo.

—Eres tú el que pelea delante de un público a cambio de dinero. Si alguien hace de todo esto un espectáculo, no soy yo.

Bennett bufó y dejó escapar una risa amarga.

—¿Y te parece que por mostrar su cara en un negocio así Samuel merece que lo manipules y le des falsas esperanzas con tu amiga?

La dejó sin palabras un instante, sorprendida de hasta qué punto podía malinterpretarse una situación.

—Yo no le he dado falsas esperanzas a Samuel, no sé de qué demonios estás hablando.

—Sí, claro... ¿Y qué es eso de que Olivia se enamorará de él cuando realmente lo conozca por dentro? Olivia no se va a enamorar de Samuel ni de nadie como él, da igual lo que haga, y con ese tipo de promesas solo le haces daño.

—¿Y tú qué demonios sabes? Es mi amiga y, hasta donde yo sé, tú llevas dos años sin hablar con ella.

—La conozco lo suficiente como para saber que si Olivia sigue trabajando en este barrio es porque necesita el dinero para terminar la universidad, pero en cuanto se gradúe se marchará de aquí sin mirar atrás. Y hacerle creer a Samuel que eso no va a ser así es cruel.

Gia apretó los dientes.

—¿Me está hablando de crueldad un tío que se dedica a cobrarse deudas en forma de palizas por los bares?

Esa vez, el desconcierto en los ojos de Bennett fue evidente.

—¿De qué demonios hablas?

—La primera vez que te vi estabas atacando a un hombre, aquí mismo. —Señaló al interior del Rowland's—. Y a juzgar por lo que he visto después, no creo que fuera precisamente una primera impresión errónea.

Sin duda, eso lo pilló desprevenido. En vez de

defenderse o de negar sus palabras, Bennett chasqueó la lengua.

—Pues quizás no lo sea y eso te dé una idea de qué clase de gente somos. ¿Te parece que Olivia es el tipo de chica que aprobaría eso?

No, desde luego que no, pero quizás si supiera por qué Samuel había acabado allí... Ella no conocía su historia, pero estaba segura de que había una explicación para todo. Nadie terminaba metido en esa vida sin una buena razón para ello.

—¿Por qué no dejas que Samuel decida por sí mismo? No necesito que seas su mensajero.

—Samuel ha decidido ya, no quiere hacerlo. Si te hubieras molestado en escuchar sus argumentos, sabrías que él no querría hablar de su vida con una desconocida. Y mucho menos en una entrevista.

Oh. Eso era una mierda. Si Samuel se negaba a ayudarla, ¿qué iba a hacer? Tendría que investigar nuevos combates, intentar acercarse a algún otro luchador, pero... ¿cómo lo haría? La realidad era que esos gladiadores modernos no parecían seres pacíficos precisamente. Desde luego, ese que tenía en frente no lo era...

De repente, una voz en su mente le preguntó cuál sería la historia de Bennett. No le había dado muchas vueltas, hasta hacía poco tiempo Bennett le había parecido una persona con pocas luces. Quizás porque lo había visto pegándose con otro hombre como si fueran dos animales salvajes. Pero tenía que reconocer que esa misma noche, cuando él la había arrastrado a esa sala pequeña en la que la había encerrado, Gia se había dado cuenta de que él no era tonto, ni mucho menos. Articulado y organizado en su discurso, Bennett tenía mucho más cerebro del que aparentaba a simple vista. Era listo, estaba claro. Entonces, ¿qué hacía allí?

La curiosidad se pegó a Gia como quien pisa un trocito de cinta adhesiva que se adhiere más y más cada vez que uno da un nuevo paso. No se le había ocurrido hasta ese momento, pero ¿qué habría llevado a ese hombre a ese preciso instante, a ese lugar?

—De acuerdo —cedió ella de pronto, alzando las manos en un gesto de paz—. Está bien.

Bennett parecía que se había bloqueado un segundo por su repentino cambio de actitud, pero entonces Gia lo volvió a sorprender al pronunciar sus siguientes palabras:

—¿Y tú?

—¿Yo qué? —gruñó Bennett.

Sus ojos verdes brillaron con desconfianza antes de que ella pudiera contestar de nuevo.

—¿Y tú aceptarías hacerlo?

Sabía que estaba jugando con fuego, no era estúpida, pero se acababa de dar cuenta de hasta qué punto sentía curiosidad por ese hombre. Le daba miedo, desde luego, porque él ponía especial esfuerzo en presentarse a sí mismo como una masa de músculos carente de emociones. Gia sabía que una negativa era la respuesta más probable que recibiría, pero ¿por qué no intentarlo? Estaba en juego cumplir un plan que anhelaba profundamente, trabajar con Stephen Miller era algo por lo que merecía la pena arriesgarse.

La risa sarcástica no la pilló por sorpresa.

—Estás loca —dijo él al cabo de unos segundos, señalando con su dedo índice la cabeza de Gia—. Me voy de aquí.

Bennett se dio la vuelta, dispuesto a marcharse sin mirar atrás. Gia se adelantó un par de pasos, situándose frente a él para detenerlo. Alzó sus manos y estuvo a punto de colocarlas sobre el pecho de Bennett, pero se detuvo en el último centímetro, justo antes de rozarlo. No sabía si él reaccionaría apartándola de forma violenta si se le ocurría tocarlo.

—¿Por qué no? Tampoco es tan absurdo y es solo un trabajo de la universidad.

—¿Y qué gano yo con eso?

Gia ni siquiera lo pensó antes de responder sin ninguna duda:

—Paz mental.

Eso lo sorprendió. La realidad era que Miles esperaba que ella intentara chantajearlo, tal y como había hecho con Samuel unos días antes. Pensó que quizás ella diría algo como «Te pagaré» o «Isaac te perdonará si conoce tu historia». Lo que Gia no sabía era que Isaac conocía ya su historia..., y eso tan solo había empeorado las cosas.

—¿Qué te hace pensar que necesito «paz mental»? —le preguntó con voz ronca.

El frío parecía haberse desvanecido en esa calle y Gia ya no temblaba por la desagradable temperatura, sino por encontrarse en esa violenta situación, arriesgándose a que él se tornara agresivo. Pero, no supo bien por qué, tuvo claro que eso no sucedería.

Miles Bennett era peligroso, sí, pero incluso habiéndolo enfadado en esa situación, no creía que pudiera llegar a dañarla.

—¿Quién no la necesita? —susurró ella.

Se miraron a los ojos por primera vez. Sus miradas se entrecruzaron, la de ella queriendo comprender el complicado entramado dibujado en esos hermosos ojos verdes rodeados por unas pronunciadas ojeras de color púrpura. Bennett sintió rechazo, el rechazo propio de quien sabe que alguien lo está observando con algo más que curiosidad, con... pena.

—¿Crees que necesito que me hagas terapia? ¿También quieres hacer una tesis en psicología?

—No es una terapia, ¿vale? Se trata de una entrevista. Solo eso. Nadie sabrá quién eres. Solo la veré yo, mi profesor y cualquier persona a la que tú quieras enseñársela. Pero no saldrá tu nombre, ni tu foto, ni ningún detalle que pueda identificarte.

Sabía que eso podía no ser del todo cierto. Que existía la posibilidad, una remota probabilidad, de que la historia consiguiera traspasar un pequeño trabajo universitario y convertirse en una noticia de verdad. Pero, si le decía eso a Bennett, entonces estaba claro que jamás aceptaría. Gia prefería mantener las cosas con un perfil más bajo.

—¿Y qué te hace pensar que no te mentiría en la entrevista?

El hecho de que Miles formulara esa pregunta ya evidenciaba que, al menos, estaba considerando la opción de aceptar. Gia sintió sus fuerzas renovándose.

—Si me mintieras, entonces no obtendrías esa paz mental de la que hablábamos.

Lo vio dudar, lo vio tan claro como que era de noche. Antes de que él pudiera volver a negarse, Gia insistió una vez más:

—Venga, estoy segura de que necesitas desahogarte.

«Estoy segura de que necesitas excusarte», pensó.

Él no supo explicar por qué, pero durante un instante su mente le recomendó hacer algo que jamás antes habría hecho. No quería —o no era consciente de quererlo—, pero quizás podía hablar con alguien, explicarle por qué todo era así, por qué demonios todo había salido mal y él se había convertido en un extraño, en alguien que ya no entendía y que ni siquiera se gustaba a sí mismo. ¿Sería ella la persona adecuada con quien hablar? Lo dudaba mucho... Pero, en realidad, era la primera vez que alguien se interesaba por saber qué era aquello que rondaba su cabeza.

—¿Paz mental? —susurró Miles una vez más.

—Sí, paz mental.

Era una mala idea. Joder, no podía confiar en ella, ni siquiera le caía bien.

Antes de que él volviera a responder, Gia le dedicó una sonrisa a medias. Después soltó una bocanada de aire que se convirtió en vapor tan pronto como abandonó sus labios.

—Tengo que volver adentro —se excusó—. Piénsalo, ¿vale? Si decides hacerlo, ven al Rowland's cualquier tarde de la próxima semana. Para mi desgracia, trabajo todos los días.

Se despidió de él con un movimiento ligero de su mano, un gesto más pacífico que cualquier otro que ellos dos hubieran compartido hasta el momento. Después, la joven se dio la vuelta y regresó al interior del bar, dejándolo allí parado como una estatua. El cerebro de Miles funcionaba a mil por hora con constantes pensamientos contradictorios. «No, no, no». No quería participar en ese estúpido experimento que ella se traía entre manos. Pero, en su interior, una pequeña parte, quizás la encargada de gestionar su ego, sentía la necesidad de abrirse a alguien. Tenía mucho que contar. ¿Funcionaría hablar de ello? ¿Le haría sentir mejor?

Miles se dio la vuelta y caminó en dirección a su casa con más lentitud de la habitual, sin dejar de darle vueltas al asunto. Tenía que ser un iluso si creía que participar en esa entrevista podría ayudarlo y no solo sería un medio para que Gia llevara a cabo sus planes. Ella ni siquiera tenía curiosidad por él en particular, solamente necesitaba a un luchador, a cualquier luchador.

Miró al cielo oscuro. El ruido ahogado del tráfico llegaba hasta él en esa callejuela situada junto a una concurrida avenida del este de Londres. En una de las ciudades más grandes del mundo, Miles se sentía solo, muy solo... Y el modo en el que ella le había hablado, esa convicción a la hora de asegurarle que podría encontrar paz mental..., eso era lo que Miles llevaba dos años anhelando, lo que no creía que pudiera conseguir ya.

Esperaba llegar pronto al millón de libras. Entonces podría marcharse, largarse de Londres y empezar de cero en algún lugar en el que nadie lo conociera, en el que nadie lo juzgara...

Sin embargo, una parte de él, una que solía silenciar, le dijo que todo podía mejorar. Era culpable, sí, pero se sentía impotente, incomprendido. Su vida se había tornado un infierno de un día para otro y, desde ese momento, había comenzado a funcionar en piloto automático, sin pensar ni razonar, solo dejándose llevar. Y quizás era hora de que alguien más conociera por qué había sucedido todo.

Capítulo 8

Era martes por la noche, habían pasado cinco días desde que Bennett acudiera a hablar con ella. No había recibido ninguna noticia, ni por parte de él ni de Samuel.

Gia se encontraba sola en el Rowland's. Había cerrado casi una hora antes y ya había recogido los vasos sucios, repuesto los frigoríficos y contado la caja. Estaba a punto de llamar a un taxi que la llevara a casa y Akram la esperaba en la puerta, con la cabeza fija en su teléfono móvil y algún videojuego con el que el hombre se entretenía durante sus largas jornadas de portero.

—¿Estás lista? —preguntó él, levantando la vista y viendo cómo Gia se estaba poniendo la chaqueta.

—Sí, vamos. ¿Necesitas un taxi?

Akram negó con la cabeza.

—Voy andando a casa...

Gia supo que había algo distrayendo al portero, pues se quedó en silencio tras pronunciar esas palabras, con la mano posada sobre la madera de la puerta.

—¿Qué pasa? —preguntó Gia, curiosa.

La joven caminó varios pasos hacia la entrada del local, con su mochila ya a la espalda, y solo entonces vio la figura masculina apoyada al otro lado de la puerta. Llevaba unos pantalones de deporte oscuros y una chaqueta roja entreabierta. Parecía que acabara de salir del gimnasio, aunque eran más de las doce de la noche.

—Miles. —Akram sonó extrañado al pronunciar su nombre—. Isaac no está aquí, es martes.

Tan pronto como ella llegó a la puerta y distinguió el rostro de Miles Bennett, su corazón se aceleró al instante. Si él estaba ahí, quería pensar que la razón era que, efectivamente, iba a aceptar su propuesta. Jamás habría creído que lo haría, y aún tenía sus reservas, pero de pronto se sintió más esperanzada de lo que había estado en las últimas semanas.

—No he venido por Isaac. —Le oyó decir, después se giró hacia ella—. Hola.

—Hola —contestó Gia con timidez.

Akram enarcó una ceja sin ningún tipo de disimulo. Después caminó un par de pasos hacia el interior del bar.

—Creo que voy a ir al baño antes de que nos marchemos —se excusó.

Solo unos segundos más tarde, se encontraban solos. Gia llegó hasta él, sintiendo el intenso frío del exterior en sus mejillas. Una vez más, tan cerca de él, lo sintió imponente.

—¿Cómo estás? —preguntó ella.

No sabía cómo hacerlo, cómo tener una conversación normal con él. Quería preguntarle sin rodeos si aceptaba su propuesta, si dejaría que ella lo entrevistara..., pero tenía miedo.

—Bueno —contestó él—, a punto de hacer algo de lo que me voy a arrepentir.

Ella sonrió sin siquiera ser consciente de ello.

—¿Eso es un sí?

Bennett suspiró y bajó la mirada. A Gia le habría encantado saber en qué demonios estaba pensando, qué le pasaba por la cabeza a ese chico... Aunque estaba más cerca de averiguarlo.

—Sí, es un sí. Pero quiero que cumplas tu palabra —pidió él, muy seriamente—. Sin datos personales. No quiero que menciones mi nombre, ni el Blue Zero, ni el barrio. No quiero que se sepa nada. Haz lo que quieras con la entrevista, pero no la relaciones conmigo ni con nadie de los que nos rodean.

—Solo tu historia —confirmó ella—, te lo prometo.

Gia no prometía nada habitualmente, pero cuando lo hacía era con verdadera intención. Si alguien en la universidad, quien fuera, intentara sonsacarle información al respecto, ella se negaría por completo a revelar ningún dato concreto.

—Vale. ¿Cuándo lo hacemos?

Gia se encogió de hombros.

—¿Ahora? —propuso ella.

Bennett sonrió entre dientes y, por un instante, ella vio que su sonrisa era bonita. Nunca lo había visto feliz.

—¿Ahora? ¿Estás preparada? —Sonaba incrédulo.

Gia solo tuvo que alzar su mochila y abrirla frente a los ojos de Bennett. Dentro tenía varios cuadernos y un estuche con bolígrafos y lapiceros.

—Siempre estoy preparada.

Bennett parecía sorprendido, pero solo pronunció una palabra más:

—¿Dónde?

—¿Aquí? —Gia señaló el interior del Rowland's.

Lo habría invitado a su casa. Solo con saber que él estaba dispuesto a contarle su historia ya era suficiente como para que Gia decidiera arriesgarse, a pesar de que no lo conocía demasiado y, por lo poco que sabía, no era precisamente confiable. De todas formas, el bar le parecía un lugar mucho más lógico y, sobre todo, cercano en caso de que Bennett fuera a arrepentirse. Ya estaban allí. No saldría corriendo de repente, ¿no?

—A Isaac no le va a hacer gracia —opinó Miles.

Ella era consciente de eso. Aun así, se encogió de hombros e ingresó de nuevo al Rowland's. Miles la siguió y, solo unos instantes más tarde, Akram salió del baño.

—¿Vamos, Gia? —propuso el hombre.

—Bennett y yo nos vamos a quedar aquí un rato —respondió ella—. Tú no te preocupes, Akram. Se lo explicaré todo a Isaac mañana.

Él apretó los labios, parecía inseguro de dejarlos allí solos después de que el bar estuviera cerrado.

—Isaac no va a estar contento contigo, Miles.

El aludido suspiró.

—No creo que haya nada que pueda conseguir que lo esté, la verdad.

Uno más de sus comentarios crípticos que dejó a Gia pensando durante unos segundos acerca de la relación que esos dos hombres tenían.

Akram se despidió de ellos y salió del bar. Gia cerró la puerta por dentro y, después, encendió las luces de la barra. El resto del local permaneció en penumbra. Ella tomó un taburete y se sentó. Frente a ella, con gesto algo dubitativo, Miles Bennett hizo lo mismo, sentándose a escasos centímetros de Gia.

La joven tomó un cuaderno y un bolígrafo de su mochila, luego agarró su teléfono móvil y le escribió un mensaje rápido a Joseph, diciéndole que llegaría más tarde al pequeño piso que compartían.

Después dejó el teléfono sobre el mostrador, con la pantalla encendida.

—¿Vas a grabar? —preguntó él. Hubo algo en su tono de voz que dio la impresión de que eso lo asustaba.

—Sí —contestó Gia—. A no ser que tengas algún problema con eso. Puedes decírmelo.

Bennett dudó. No había pensado en que ella grabaría la entrevista, pero la verdad era que, si pensaba contarle su historia a esa joven, ¿qué diferencia había? Se aclaró la garganta y negó con la cabeza.

—No, está bien.

—De acuerdo. Antes de que comencemos, ¿estás cómodo? ¿Quieres beber algo?

Quería *whisky*, si tenía que ser sincero, pero también quería tener la mente clara para comenzar a hablar.

—No.

Su negativa sirvió como pistoletazo de salida. Gia tecleó en su móvil con rapidez, después dejó el teléfono sobre la mesa y Bennett alcanzó a ver que ella ya estaba grabando la conversación.

Se dijo a sí mismo, una vez más, que estaba allí porque quería desahogarse. Quería paz mental más que nada en el mundo y, aunque no sabía si ahora la conseguiría, tenía la intención de intentarlo.

—¿Este es tu último año de universidad? —preguntó él.

Ella asintió con la cabeza.

—El próximo año lo pasaré entero como becaria en un periódico o en una revista, no lo sé aún. Este trabajo decidirá qué puertas se me abrirán para ese entonces.

Gia le dedicó una sonrisa mucho más bonita

que cualquiera que le hubieran dedicado en los últimos años. Tenía que reconocer que ella era dulce y, aunque estuviera demasiado obsesionada con escribir ese reportaje, también era decidida y valiente. No se habría atrevido cualquiera a grabar la pelea en el Blue Zero y, aunque en ese momento Bennett hubiera creído que se trataba de pura estupidez, ahora era capaz de comprender que ella era, simplemente, muy testaruda y no se rendía hasta lograr lo que se proponía.

—¿Es un trabajo importante, entonces?

—Sí. Pero eso no significa que vaya a conseguir un buen empleo con facilidad. Algo me dice que tendré que quedarme en el bar durante bastantes meses.

—¿Eres de Londres? —preguntó él.

Esperaba que a ella no le importara que él le hiciera esas preguntas. Aunque el entrevistado era él, necesitaba tener algún tipo de confianza con ella antes de poder revelarle un solo dato de su vida privada.

—No, nací en Leeds.

—Lo imaginaba, por tu acento.

Era extraño hablar así con una chica, tener una conversación normal, incluso agradable. Habían pasado dos años desde la última vez que Nicole y él se tumbaron en la cama para hablar durante horas. Él no había sabido, en aquel momento, que ya no habría más veces, que no habría más horas con ella.

—¿Y tú? —preguntó Gia—. ¿Eres de Londres?

Bennett asintió con la cabeza.

—Nací en el este..., y sigo aquí —contestó con un suspiro—. Mis padres murieron cuando tenía diez años, en un accidente.

Ella apuntó algo en el papel, pero no apartó la

mirada de la suya, asintió con la cabeza y sus ojos oscuros revelaron una profunda compasión a la que él ya estaba acostumbrado cada vez que había pronunciado esa frase en los últimos quince años.

—¿Quién te crio?

—Mi tía —contestó, después apartó la mirada, incómodo, antes de pronunciar las siguientes palabras—: Está casada con Isaac. O lo estaba, hace... hace tiempo que no tenemos contacto con ella. Mi tía es... —Dejó escapar una pequeña sonrisa un tanto avergonzada—. Muy particular. Seguro que está viajando por algún país remoto ahora mismo, sin pensar en Inglaterra.

Ahí estaba, por fin una explicación a esa extraña relación que desde el primer instante le había causado tanta curiosidad. Así que Isaac era, en cierta manera, su tío. Y, además, también había terminado siendo su padre.

Durante casi dos horas, Gia siguió ahondando en la vida de Bennett. Él le habló sobre el colegio, donde nunca fue un buen estudiante, y el momento en el que descubrió el boxeo y comenzó a entrenar. Isaac lo había apoyado con furor cuando era niño, acudía a todos sus combates como si fuera su admirador más ferviente. Le contó que, hacía unos años, había sido una joven promesa del boxeo, y ella supo sin dudar que era cierto. Lo había visto pelear, aunque de un modo muy diferente, pero era consciente de su temple, su fuerza y su extraña disciplina que, a pesar de encontrarse envuelta en el caos que parecía ser su vida, tenía cierto sentido.

Gia le contó que sus padres y su hermano vivían en Leeds aún. Que tenían fe en que ella conseguiría terminar la universidad y encontrar un buen trabajo. Gia le narró, con palabras suaves y en voz baja, que nunca habían tenido mucho dinero durante su infancia y que, en ocasiones, ni siquiera habían podido pagar el alquiler. Le dijo, aunque con cierta vergüenza, que uno de sus primeros recuerdos era ver a su casero aporreando su puerta el primer día de cada mes. Le contó que de pequeña nunca había entendido por qué el dinero era tan importante, por qué lo cambiaba todo en el mundo.

Eran las dos de la mañana cuando Bennett murmuró que creía que lo mejor sería dividir la entrevista, terminarla otro día. Gia, que se encontraba dentro de la historia de Bennett, tuvo que parpadear varias veces para regresar a la realidad. Frente a él tenía a un chico que jamás habría creído ver, alguien de quien acababa de descubrir una faceta completamente nueva.

—De acuerdo —accedió ella—. Es bastante tarde, tienes razón.

Era consciente de que aún quedaba lo más importante por conocer. Sabía cómo había conocido a Samuel, boxeando cuando ambos eran adolescentes, y hasta qué punto ese deporte había sido importante para él. No entendía qué había sucedido, por qué la vida de Miles Bennett parecía haberse descarrilado en un momento... y no haber vuelto a la normalidad nunca más.

La curiosidad era mucho más grande que antes, incluso, pero Gia tenía que saber esperar. Presionarlo no serviría de nada y era consciente de que tenía entre manos una historia increíble. Todo eso iría más allá de un trabajo de universidad, cada vez estaba más convencida.

—Llamaré a un taxi —dijo ella, poniéndose en pie y trasteando con su móvil una vez más para contactar a la compañía de taxis por medio de una aplicación—. ¿Quieres que te lleve a casa?

—No, caminaré —contestó él, en ese momento se arrepentía de no haber conducido hasta allí.

La simple idea de que ella se acercara a su casa ya le puso la piel de gallina. Para Bennett, haber pasado dos horas hablando con ella, conociéndola y dejándose conocer, ya era demasiado. Se sentía extremadamente vulnerable, y eso que todavía no le había hablado de su vida adulta, de lo que lo había llevado a ser quien era hoy en día.

—De acuerdo.

Ella no insistió, ni lo cuestionó. Con una sonrisa satisfecha, Gia guardó todas sus pertenencias en su mochila y dejó de grabar la entrevista —esa que, para Miles, era más una conversación, en realidad—. Se puso su chaqueta de nuevo.

—¿Has dejado el gimnasio? —preguntó él.

Ella se rio.

—Si te soy sincera, solo fui para poder hablar con Samuel.

Gia se ruborizó ligeramente al pronunciar esas palabras. Quizás porque la avergonzaba confirmar que había tenido tanto interés en conseguir esa entrevista a toda costa.

—Deberías volver —comentó él—. Puedes aprender a pelear.

—¿Me enseñarías?

Bennett se detuvo al escucharla y se giró hacia ella. El rubor, una vez más, había acudido a sus mejillas. No supo exactamente por qué acababa de preguntarle eso, estaba claro que él no podía enseñar a una chica de cincuenta kilos a pelear. Algo en el tono de voz de la joven sonó amigable, como si fueran eso: amigos. Un escalofrío lo recorrió al pensarlo.

—Eres demasiado pequeña como para que podamos entrenar juntos, y, además, estoy ocupado entrenando —contestó de forma automática, buscando cualquier excusa—, pero Rebecca da clases todos los lunes y los viernes.

Gia apartó la mirada, incómoda, y Bennett esperó no haber sido demasiado cortante con su último comentario. No sabía cómo tratarla, eso era demasiado extraño para él.

Cuando ambos llegaron a la puerta, Gia alcanzó a ver cómo un taxi negro se acercaba al local desde el final de la calle. Cerró la puerta del bar con llave y después se giró de nuevo hacia Bennett.

—Gracias —le dijo—, de verdad. ¿Nos vemos esta semana?

Miles solo asintió con la cabeza.

—Hasta luego —se despidió Gia, en cuanto el taxi llegó hasta ellos y frenó a pocos metros.

—Hasta luego.

Gia entró en el taxi y cerró la puerta. Después suspiró, pensando una vez más en lo que acababa de pasar. Sentía una especie de vértigo después de la larga conversación con Bennett. No lo había sabido antes, pero Miles era calmado, inteligente y, en cierto modo, divertido. No era bromista, no precisamente, pero tenía un humor ácido que la había hecho reír en varias ocasiones mientras le contaba sus historias. Estaba asombrada después de descubrir su personalidad y, aunque le costara aceptarlo, también un poco asustada. Jamás habría creído que disfrutaría tanto de una conversación con Miles Bennett.

Capítulo 9

Pasaron casi dos semanas y no había vuelto a verlo. Eso comenzaba a preocuparla, pues significaba que su trabajo cada vez estaba más retrasado. Además, no tenía cómo contactar a Bennett, pues él no le había dado su teléfono y no era precisamente un habitual del Rowland's.

—¿Estás bien?

Olivia la notaba agitada y ella tuvo que concentrarse al máximo para sonreír y asentir con la cabeza con vehemencia frente a su amiga. Sintió su cabello acariciar sus mejillas al hacerlo.

—Sí, sí. Todo bien —contestó—, ¿y tú?

Sentadas en la cafetería de la universidad, una vez más, las dos jóvenes estaban rodeadas de libros y artículos que debían revisar. No era fácil para ninguna de las dos compaginar su trabajo en el bar con los estudios, pero, con suerte, si conseguían realizar sus prácticas en un medio de comunicación decente, recibirían un salario razonable. Gia solo podía imaginar la cantidad de puertas que se le abrirían si conseguía trabajar para *Onzone*.

—Estoy estresada con el trabajo, pero bueno... —suspiró Olivia, después enarcó una ceja con curiosidad—. ¿Cómo va lo de las peleas?

Esa pregunta la pilló desprevenida. Olivia y ella llevaban semanas en un juego que Gia, a decir verdad, valoraba: consistía en que ninguna de las dos mencionaba las peleas ilegales en voz alta, ambas hacían como si ni Bennett ni Samuel existieran y, por consiguiente, ya no discutían. Había sido una dinámica agradable, sí, pero Gia pensó que omitir ese tema era muy diferente a mentirle abiertamente.

—No te va a gustar lo que vas a escuchar —le contestó—, así que puedo no decírtelo.

Los labios de Olivia se apretaron al escucharla. Se pasó la mano por su cabello largo y ondulado en un gesto de estrés. Gia odiaba que su amiga se preocupara por ella, sin duda no era lo ideal, pero tampoco podía hacer nada por evitarlo. Gia ya no era una niña y Olivia no era su madre.

—Cuéntame.

—Estoy haciéndole una entrevista detallada a Bennett. Gold pensó que sería una buena idea.

Olivia dejó escapar el aire de sus pulmones. Con esas palabras confirmaba lo que se temía: que su amiga no había dejado a un lado esas ideas y que, de hecho, ya había hablado con Gold al respecto.

—No quiero que te preocupes por mí, Olivia. Estoy bien, todo está bien. Solo es una entrevista.

¿Solo era una entrevista? No lo tenía tan claro. Esas conversaciones con Bennett eran la llave para conseguir entrar en *Onzone*, también eran la llave para conocer al luchador y descifrar los entresijos que lo componían. Olivia posó su mano sobre la de Gia.

—Haz lo que tú creas que es lo mejor. —Cierta tristeza resonaba en su voz. Suspiró—. Sabía desde el principio lo que pasaría con Bennett, desde la primera vez que lo mencionaste.

Eso sí que llamó la atención de Gia, que miró a su amiga al tiempo que enarcaba una ceja.

—¿Qué quieres decir con eso? ¿Que pasaría el qué?

Olivia entornó los ojos.

—Que te resultaría fascinante. Bennett no se parece en nada al resto de los tíos, es igual que Samuel. Te confunden porque tienen dos caras muy diferenciadas la una de la otra, a veces parecen auténticas máquinas, robots sin emociones, y luego... —Olivia bajó la cabeza—. Cuando hablan contigo es totalmente diferente. Me acuerdo muy bien de cómo era Bennett: agradable, dulce..., se preocupaba por Isaac más que por nada en el mundo. Pero míralo ahora, se ha convertido en una fuente constante de quebraderos de cabeza.

Gia no esperaba una respuesta tan explícita. No imaginaba que su amiga quisiera hablar de algo así y, además, la sorprendía recordar de nuevo hasta qué punto Olivia era mucho más parte de ese mundo que ella. Ella era una recién llegada que apenas mojaba las puntas de los dedos en ese mar embravecido.

—¿Qué le pasó?

—¿Quién sabe? —respondió Olivia, chasqueando la lengua—. Cambió de un día para otro, se convirtió en un gilipollas. Tenía una novia. Creo que ella salió corriendo. Y no me extraña en absoluto sabiendo que esos dos se pasan las noches partiéndose la cara por unas cuantas monedas.

Estaba claro, una vez más, que Olivia no podría tener un lado más amable respecto a ese tema. Ni siquiera un lado más científico que estuviera interesado en las causas de que esos dos hombres llevaran esa vida.

—Olivia..., ¿qué te pasa con Samuel? —pronunció

esas palabras sin pensar, sin ser consciente de que estaban abandonando sus labios. Se arrepintió al instante—. Bueno, no te preocupes, da igual. Ya sé que no quieres hablar de esto.

Pero Olivia se había quedado parada, pensativa. Quizás se estaba preguntando si debía o no debía confesarle sus razones a su amiga. Quizás, de hecho, solo intentaba explicarse a sí misma qué era lo que le sucedía con Samuel.

Antes de que pudiera contestar, alguien tocó el hombro de Gia con un ligero roce. Se giró y distinguió el semblante regio del señor William Gold, que llevaba un sinfín de libros en uno de sus brazos y parecía algo ajetreado, a pesar de permanecer tan serio como siempre.

—Señorita Bay, ¿tiene un segundo? ¿Nos disculpa, señorita Pearse?

Olivia balbuceó una excusa acerca de realizar una entrega sobre otra asignatura. Desapareció, dejando a Gia sola y nerviosa.

—¿Sucede algo, señor Gold?

—Estoy esperando un primer borrador de su trabajo final. De hecho, a estas alturas, ya estoy esperando el segundo borrador también. ¿Está trabajando en ello?

—Sí, sí. Desde luego. Disculpe —pronunció con rapidez, las palabras se arremolinaban en sus labios—. Sigo investigando, pero he conseguido algo muy interesante. Le garantizo que va a merecer la pena.

En el rostro del profesor se dibujó una característica expresión que solamente podía significar una cosa: «Lo dudo».

—¿Sí? Me alegra saberlo. Pero va tarde, señorita Bay. Me tomé la libertad de hablar con mi colega, Stephen Miller, algo que ahora no sé si debería haber hecho. Le dije que tenía un proyecto sobre la mesa de una de mis alumnas y no me agrada haberle mentido, temo no llegar a tocar esa historia que usted me ha prometido.

Si lo que pretendía ese profesor era pararle el corazón, lo había conseguido. Al instante, el pecho de Gia comenzó a retumbar y sintió la sangre bombeando con fuerza en su interior. Iba tarde, demasiado tarde, y era culpa suya. Si no hubiera esperado tanto tiempo para hablar con Samuel, si hubiera acudido directamente a Bennett...

—Lo tendré listo pronto. Se lo aseguro.

—El treinta y uno de diciembre lo espero en mi buzón, tenga en cuenta que deberemos pasar cierta burocracia antes de poder enviárselo a Miller. Si no lo tiene preparado para entonces, me temo que no podré recomendarla para *Onzone*.

Faltaban exactamente dos semanas para el treinta y uno de diciembre. Y todo dependía de que pudiera hablar con Bennett cuanto antes, de terminar la entrevista.

—Tendrá el trabajo a tiempo, se lo aseguro. De verdad.

Quizás dio la impresión de estar demasiado nerviosa o presionada, pues el propio señor Gold posó una mano en el hombro de la joven y la miró a los ojos con más calma esa vez.

—Tenga cuidado, Gianna —la llamó por su nombre por primera vez—. Es un trabajo de universidad, ni más, ni menos.

Cuando el señor Gold salió de la cafetería, ella tuvo que sentarse de nuevo para poder reflexionar. ¿Qué quería decir con esas últimas palabras? Con toda seguridad, el profesor sabía que el mundo en el que se estaba metiendo era peligroso. Sin siquiera pensarlo, y tal y como había hecho ya mil veces,

Gia tomó su teléfono entre sus dedos y se puso los auriculares en los oídos. Después presionó el botón de reproducir y, una vez más, vio el vídeo de la pelea del Blue Zero. En él, se distinguía a Bennett lanzándose sobre Ivanov, dando y recibiendo puñetazos entre gritos y vítores del público. Gia recordaba con exactitud el temblor que le había acusado grabar ese vídeo, el nerviosismo y la adrenalina que había sentido. Frente a ella tenía mucho más que solo un vídeo prohibido, también estaban todas las sensaciones que la habían recorrido, observando de cerca cómo Bennett participaba en ese combate.

Reconoció un instante, solo uno, en el que él parecía apartar la vista de su adversario y fijarla en ella, quizás al reconocer que estaba grabando. Gia detuvo la imagen y la amplió ligeramente. Allí tenía a Miles Bennett, dentro de un *ring* improvisado, con el cabello despeinado, una ceja rota y una capa de sudor recorriendo su cuerpo. Y la estaba mirando a ella, clavándole sus intensos ojos verdes con una expresión indescriptible.

Gia se estremeció de nuevo al ver esa imagen. Pensó que aquella había sido la primera vez en la que ambos se habían mirado de verdad, más allá de los pequeños detalles. La primera vez que, a pesar de encontrarse rodeados de gente, Gia y Miles solo habían podido verse el uno al otro.

Se presentó en el gimnasio. No había ningún otro lugar en el que pudiera localizarlo. No tenía ni la más mínima idea de qué sitios frecuentaba Bennett, ni de qué *hobbies* tenía. Podría haberle preguntado a Isaac, sí, pero tenía miedo de hacerlo sabiendo que la relación de los dos no era la mejor en esos momentos. Akram no le había mencionado nada de su pequeña reunión en el bar a Isaac y ella tenía que reconocer que tampoco se había atrevido a hacerlo. No sabía cómo, así que había guardado silencio, como si nunca hubiera pasado.

Ese día ni siquiera se vistió con ropa de deporte, ya no tenía interés en seguir fingiendo. Quería hablar con Bennett cara a cara, sin más pretensiones.

Eran las ocho de la tarde del sábado y, a pesar de que ese día Gia no trabajaba, había tomado el metro para ir al este de nuevo, con el simple propósito de poder ver a Bennett. Lo encontró en el *ring*, junto a Rebecca. Ambos estaban entrenando juntos, haciendo *sparring*, y Gia se sorprendió, una vez más, por el imponente cuerpo de Rebecca, que era casi tan alta como Bennett, pero, aun así, bastante más rápida que él. El resto del gimnasio estaba casi vacío, solo un par de personas charlaban en el área de las pesas, como si acudir al gimnasio un sábado por la noche fuera más un modo de socializar que de ejercitarse.

Cuando Gia llegó hasta el *ring*, Rebecca y Bennett tardaron varios segundos en percatarse de su presencia. Rebecca la miró con cierta confusión, en especial al fijarse en la ropa que llevaba Gia.

—¿Estás bien, encanto? —le preguntó, alejándose de Bennett con la respiración acelerada.

—Sí, sí —respondió ella—, solo venía a hablar con Bennett.

Esa respuesta sorprendió a Rebecca de forma muy evidente, pues la mujer rubia frunció el ceño ligeramente. Después se retiró los guantes de pelea que llevaba puestos.

—Voy a tomar un poco de agua, estoy muerta —murmuró—. ¡No te muevas de aquí, Bennett!

Rebecca se bajó del *ring* de un salto. A pesar de

estar cansada, parecía muy activa. Cuando Miles se acercó a las cuerdas para bajar del *ring*, la voz de Rebecca volvió a escucharse, esa vez a varios metros de distancia:

—¡Ni se te ocurra salir del *ring*! —le gritó.

Bennett bufó, aunque fue un sonido más divertido que molesto. Se sentó en el suelo, junto a las cuerdas, frente a frente con Gia.

—No nos hemos vuelto a ver —murmuró ella.

Escucharla decir eso le resultó gracioso por un momento. Cualquiera podría malinterpretarlo, asumir que «verse» para ellos era algo diferente a la realidad. Miles se quitó los guantes, sintiendo que sus manos estaban agarrotadas. Estaba sudando y su respiración aún se encontraba acelerada.

—No... no sé qué decirte —respondió él con honestidad—, he estado pensando, no tenía claro si deberíamos volver a hablar.

Gia apretó los labios al tiempo que asentía con la cabeza al escuchar esas palabras. En cierto modo, eso era lo que se temía.

—¿Te arrepientes de la entrevista?

Una sonrisa amarga abandonó los labios del joven. Se arrepentía desde el primer instante en el que había tomado la decisión, si tenía que ser sincero.

—No lo sé. Creía que sería distinto.

—¿Por qué?

Gia se acercó a él para poder hablar en voz más baja. Era evidente que a ninguno de los dos les convenía que alguien los escuchara en ese lugar. Quedó tan cerca de él que podría haberlo tocado si hubiera estirado su mano. Las piernas de Bennett colgaban por fuera del *ring* y su cuerpo estaba a solo unos centímetros del de ella.

Miles analizó, una vez más, ese rostro armonioso de cabello oscuro y ojos almendrados que lo observaban con perspicacia. Sentía que, sin apenas conocerla, ella ya parecía estar queriendo tomar más de él de lo que le podía dar.

—Esperaba una entrevista en la que, simplemente, poder hablar, quizás justificarme, y ya está.

Ella asintió con la cabeza, esperando a que él terminara de hablar. Una vez que Miles hubo guardado silencio, Gia lo observó de nuevo, mirándolo a los ojos.

—¿Y qué fue lo que sucedió, entonces?

Podía fingir que para ella también había sido una entrevista normal, pero la realidad era que Gia había hablado tanto como Miles, habían compartido anécdotas, historias personales de su infancia y de su adolescencia. Le había dicho a ese chico cosas que nunca le había contado a nadie más, cosas que ni siquiera había recordado hasta el momento en el que habían abandonado sus labios.

—Tengo un poco de miedo —confesó él—. A hablar de más, a decir cosas de las que luego me voy a arrepentir. Tengo miedo a...

La curiosidad reflejada en el dulce rostro de Gia lo hizo detenerse. No podía hablar más porque sabía que podía meter la pata con facilidad.

—No escribiré nada que te haga daño. Tampoco nada que tú no quieras que escriba.

Lo decía de verdad, sin ningún tipo de truco o engaño. Los ojos verdes de Miles se entornaron una vez más.

—Tengo miedo de que me conozcas —confesó él.

Gia se quedó en silencio, observándolo. No sabía bien qué responderle, pero sí sabía que ella quería seguir haciéndolo, que quería conocer su historia de verdad. ¿Cuánto tendría de razón Olivia en lo que le había contado esa misma mañana?

La joven tomó una pequeña tarjeta de papel de su mochila, era la tarjeta de un restaurante, pero ella agarró un bolígrafo y escribió su dirección encima. Después se la tendió a Bennett.

—Ven esta noche. Terminamos la entrevista y te enseño el borrador. Si no te gusta, no la utilizaré, te lo prometo.

Acababa de prometer de nuevo algo que, desde luego, pensaba cumplir. La expresión de Bennett cambió, frunciendo el ceño.

—Esta noche peleo —susurró él.

—¿No deberías estar descansando?

Miles se encogió de hombros.

—No quiero que Rebecca se entere —contestó—. No le gustan estos combates. Sé que se imagina algo, pero no quiero confirmárselo.

¿Acaso la culpaba? Estaba claro que nadie que apreciara un mínimo a ese chico quería verlo envuelto en ese mundo. Ni siquiera Gia, que iba a sacar partido de la situación con su entrevista.

—Ven después de la pelea —sugirió—, estaré en casa toda la noche.

Miles suspiró, luego se guardó la tarjeta en el bolsillo de sus pantalones de entrenamiento. Sí que debía de estar desesperada por esa dichosa entrevista...

—Puede que vaya, si gano.

—¿Y si pierdes? —susurró ella.

—Eso no va a suceder —contestó Miles, muy seguro de sí mismo.

Era tan extraño ver que, por una parte, él era una persona con una confianza increíble, pero, a la vez, también admitía en voz alta que le daba miedo hablar con ella, abrirse demasiado. El puzle que era Miles Bennett tenía demasiadas piezas y Gia no tenía mucho tiempo para resolverlo.

—Nos vemos, entonces.

Quiso tocarlo, quizás como un ligero gesto de ánimo para esa noche. Tomó aire antes de hacerlo y, después, se acercó a él y rozó su rodilla. Su piel era cálida y suave, aunque sus piernas presentaban diversos hematomas. Bennett la observó con una mezcla de confusión y sorpresa en sus ojos verdes. No mostró desagrado, aun así. En ese mismo instante, Rebecca apareció de nuevo junto a *ring*, su rostro ya no estaba enrojecido por el cansancio y parecía refrescada. Gia dio un paso atrás.

—¿No te quedas a entrenar? —le preguntó a Gia. Ella negó con la cabeza.

—Creo que no es lo mío —contestó—, pero al menos lo intenté.

—¡No seas tonta! —exclamó la mujer—. Solo te falta echarle agallas al asunto. Ven el lunes a mi clase y verás cómo cambias de opinión.

Ni de coña pensaba ir. Por Dios, ¡Gia era todo lo contrario a una persona deportista! Forzó una sonrisa incómoda que le sacó una carcajada a Bennett, probablemente él estaba disfrutando de ese momento.

—Vale, me lo pensaré.

—¡No te lo pienses porque entonces seguro que no vienes!

Gia se despidió de ellos con un gesto y, tan pronto como les dio la espalda y comenzó a caminar hacia la puerta, volvió a escuchar el rítmico sonido ahogado de los guantes chocando entre ellos. Cuando por fin salió a la calle, la brisa fría acarició sus mejillas mientras ella se dirigía a la estación de metro de Mile End.

No sabía si Bennett acudiría a su casa esa noche.

Esperaba que lo hiciera, pero la verdad era que también tenía un poco de miedo. Y, por curioso que resultara, aquello que la aterrorizaba era exactamente lo mismo que lo asustaba a él: tenía miedo de conocer a Miles Bennett.

Capítulo 10

Mentiría si dijera que no estaba nerviosa. No por saber que existía la posibilidad de que él fuera a su casa, no, sino por imaginar la pelea. ¿Contra quién sería? ¿Dónde? ¿Cómo habría salido? Pensar que Miles podría sufrir algún daño le preocupaba, algo que no había experimentado en ese primer combate en el que la empatía que sentía por él era mínima.

Después de las doce de la noche, Gia se preparó un té y se quedó sentada en el sofá, escribiendo y reescribiendo la primera entrevista que había tenido con Bennett. Había pasado una buena parte de la tarde, una vez más, viendo un documental de Stephen Miller y algunos de sus viajes por Asia. No podía evitar fijarse en su manera de hablar, en cómo reflejaba la realidad de un modo simple aunque crudo. Le resultaba una gran inspiración, aquello que esperaba ser capaz de crear algún día.

Por el momento, Gia tenía algunos testimonios más que había conseguido en el Rowland's, pequeñas experiencias que había recogido de algunos de sus clientes a los que había reconocido en la pelea esa noche en el Blue Zero, apostadores profesionales que no se escondían y que no habían dudado en querer responder sus preguntas.

—¿Por qué apuestas en estas peleas?

—Porque es dinero fácil, porque es divertido, porque necesito la pasta...

Algunas personas habían admitido haber apostado más de doscientas libras aquella noche, mucho más... Y Gia solo podía imaginarse qué cantidades de dinero se movían en ese mundo que tan ajeno le había resultado solo unas semanas antes. Pensarlo era escalofriante.

Creyó que él no acudiría, estaba bastante segura de que no lo haría cuando pasó la una de la mañana, hasta que un pequeño golpeteo en su puerta la sobresaltó a la una y media y supo que tenía que ser Bennett.

Gia abrió la puerta tras unos segundos. Iba en pijama, con unos pantalones rosas de coralina y una camiseta blanca. Se había planteado permanecer vestida con su ropa de calle para parecer más profesional en la entrevista, pero al mismo tiempo era consciente de que quizás él no aparecería; quizás se quedaría esperando, preparada, para nada.

Pero ahí estaba. Su rostro, tan atractivo como siempre, ahora presentaba un pequeño corte en el labio y sus mejillas estaban enrojecidas. Por primera vez desde que lo conocía, Bennett llevaba vaqueros y una camiseta negra normal. Si no hubiera sido por su rostro algo dañado, habría parecido un chico de su edad común y corriente. Él la miró de arriba abajo y una pequeña sonrisa divertida se dibujó en su rostro al llegar a sus pantalones.

—¿Otra victoria? —preguntó ella, enarcando una ceja curiosa.

—Te lo dije.

Se hizo a un lado para que Bennett pasara. Gia vivía con Joseph, un compañero de la universidad, pero se había marchado de Londres durante unas semanas para celebrar la Navidad con su familia. Gia también se iría un par de días, pero hasta ese momento tendría que seguir acudiendo al Rowland's y centrarse en acabar el trabajo final de la universidad.

—Siéntate donde quieras —dijo de manera informal—, ¿quieres un té?

—Son casi las dos de la mañana.

—Mi madre dice que nunca es una mala hora para tomar té. —Gia compartía esa opinión, un té servía para mejorar cualquier mal trago. Se dirigió a la cocina, perdiéndolo de vista unos segundos.

—No, gracias.

Llevó a la mesa del salón un par de vasos de agua y el mismo cuaderno en el que había apuntado algunos datos relevantes de la primera entrevista que le había hecho. Bennett se encontraba inspeccionando el salón con curiosidad. En ese momento, observaba algunas de las fotografías que adornaban las paredes. La mayoría de ellas eran de Joseph y ella en los últimos años: ellos dos en clase junto a Olivia, tomándose la primera cerveza cuando Joseph había cumplido dieciocho años, el pequeño viaje que habían hecho con otros amigos a la playa de Brighton...

—Es mi compañero de piso —explicó ella, aunque ni siquiera supo por qué lo hizo—. Está pasando la Navidad en Cardiff.

¿Quizás lo explicó como un modo de dejar claro que Joseph no era su novio? Gia apretó los labios. No quería que él pensara que lo había dicho por eso.

—Es un piso bonito.

Era muy amable por su parte decirle algo así, especialmente porque se trataba de un edificio muy viejo y lleno de huecos, roturas y humedades. Joseph y ella habían tratado de arreglar lo mejor posible, pues, al fin y al cabo, ese era uno de los pocos apartamentos que podían permitirse en Londres siendo estudiantes. El salón tenía fotos y algunas ilustraciones en las paredes, el sofá era amplio y cómodo, con un sinfín de mantas y cojines para recibir a todos sus invitados.

—Gracias —contestó ella.

Solo entonces tomó asiento y él hizo lo mismo. Bennett gruñó cuando su espalda tocó el sofá, como si ese gesto le hubiera hecho daño.

—¿Estás bien?

—Sí. Solo..., bueno, no sé si te lo he dicho, pero me acabo de meter en una pelea.

Habló con tanto humor que le sacó una risa a Gia. Después, la joven lo observó con curiosidad.

—¿Cómo ha ido?

—Ha ido bien. He ganado, que al fin y al cabo es lo más importante.

¿Lo era? Para Gia, probablemente, lo más importante era que saliera lo más ileso posible de un combate como ese.

—¿Cuánto tiempo llevas peleando?

—Desde los diez años.

Gia chasqueó la lengua, ya sabía eso. Él le había hablado de su infancia y de cómo siempre se había sentido fascinado por los combates y el deporte del boxeo.

—Quiero decir *así*.

Él cambió su expresión, se puso un poco más serio.

—Dos años.

Gia tomó su teléfono móvil e hizo un gesto hacia Bennett, que asintió con la cabeza en un consentimiento implícito de que ella podía comenzar a grabar la conversación, tal y como había hecho la vez anterior.

—¿Qué haces con estas grabaciones luego?

—Las escucho mil veces —contestó la joven—, intento sacar detalles que se me hayan podido escapar de ellas.

—¿Yo también podría escucharlas?

Gia se quedó pensativa unos segundos.

—No veo por qué no —dijo al cabo de un momento. Se acomodó en el sofá de nuevo, recogiendo las piernas para colocarlas bajo sus muslos, y miró a Bennett—. ¿Qué pasó? El otro día acabamos en un punto muy interesante. Dejaste de estudiar porque comenzabas a ganar algo de dinero en combates de boxeo legales, tenías veintiún años, ¿no?

—Sí —murmuró Bennett—. Y entonces la conocí a *ella*.

Gia no quería levantar la vista del papel mientras él trataba ese asunto. Un pequeño temblor acusó su pierna, pero tomó aire y trató de permanecer tan quieta como pudo. Sabía que *ella* sería un punto difícil.

—¿Ella?

—Nicole. Era... era un cliché, si te digo la verdad. Era divertida, graciosa e inteligente. Era guapa y..., bueno, perdí la cabeza desde el primer día. —Bennett se quedó en silencio un momento, pensativo, después soltó una pequeña carcajada amarga—. Ni te imaginas las gilipolleces que hice por ella, en qué me convertí.

Ella siguió escribiendo. Cuando lo miró de reojo, vio que Miles no la miraba; más bien, al contrario, parecía observar cada rincón del salón, cualquier cosa, menos a su entrevistadora.

—¿Cómo la conociste? —Gia tragó con dificultad, quería comenzar desde el principio.

—En una fiesta, el lugar más típico, imagino... menzamos a hablar, teníamos amigos en c...

Le gustaba el boxeo, o eso decía ella, quería ser modelo y por eso había venido a Londres.

Ella podía ver cómo Bennett parecía haber pensado en esa historia cientos, miles de veces. Hablaba de ella con una desilusión ácida y Gia supo que todo aquello, todo lo que sucedía en la vida de Bennett, había comenzado con Nicole. O al menos eso pensaba él. Si se remontaba más allá, creía que podría haber comenzado en ese accidente de coche en el que sus padres habían perdido la vida.

—¿Qué quieres decir con «o eso decía ella»? —preguntó, confundida—. ¿No le gustaba que pelearas?

Una risa ronca abandonó los labios de Bennett.

—¿Gustarle? Le encantaba. Yo tenía algunos combates, no muchos, pero trabajaba en el Rowland's varios días a la semana, entrenaba e intentaba acceder a algunos campeonatos. No es fácil, y competir es caro, es *muy* caro —narró Miles, luego se aclaró la garganta—. Ella tenía amigos que luchaban en todo Londres. Fue Nicole quien empezó a recomendarme otro tipo de torneos que pagaban más, que podían ayudarnos a reunir más dinero. Yo pensaba que tenía sentido: necesitaba pagar a un entrenador para poder seguir avanzando. Así que, de vez en cuando, entraba en peleas organizadas por personas que no eran profesionales. Ella decía que le gustaba el boxeo, yo creo que, simplemente, le gustaban las peleas. Fueran del tipo que fueran.

Gia se estremeció al escucharlo. Alzó la vista del papel de nuevo, fijando sus ojos en Miles. Él miraba al suelo, su expresión era pétrea. ¿Cuántas veces habría contado esa historia? Como si pudiera leerle la mente, el joven suspiró.

—¿Sabes? Nunca le había dicho esto a nadie.

Que fue idea de Nicole. Creo que me da vergüenza admitirlo, me hace sentir un idiota.

—¿Y qué pasó con ella?

—Lo que tenía que pasar, imagino. Estuvimos juntos durante casi cuatro años, la cosa se puso seria, cada vez más. Y bueno, el final fue repentino: acabábamos de comprar una casa, estábamos endeudados hasta las cejas y yo había invertido en ella la pequeña herencia que me habían dejado mis padres. Y un día, simplemente, me desperté y Nicole se había ido —dijo, su voz no temblaba, quizás porque ya había aceptado que esa era su nueva realidad y que vivía en ella desde hacía demasiado tiempo—. Vació nuestra cuenta bancaria, me dejó sin nada. Todo lo que había ganado boxeando y también lo que había ganado después. Y se fue. —Miles miró al techo y dejó sus ojos verdes posados en él—. Lo último que supe fue que estaba en Estados Unidos, con otro luchador.

Gia no daba crédito a lo que estaba escuchando. Se llevó una mano a los labios, comprendiendo la gravedad de lo que Miles le estaba contando. ¿Cómo podía ser eso verdad? Parecía sacado de un libro, de una pesadilla.

—¿Has intentado buscarla? ¿Qué pasa con tu dinero?

Bennett se encogió de hombros.

—No puedo hacer nada. La cuenta estaba a nombre de los dos y la mayoría del dinero que yo conseguía provenía de peleas ilegales. ¿Qué le iba a decir a la Policía? —Por más que había tratado de localizarla, Miles no había tenido éxito más allá de saber, por parte de algunos conocidos, que ella se había establecido en una nueva ciudad, quizás dispuesta a hacer lo mismo con otra persona—. Éramos muy jóvenes, creía que podría comerme el mundo cuando quisiera. A mí me gustaba jugar con la idea de que nada de lo que yo hiciera tendría consecuencias.

Escuchar eso le partía el corazón. Gia apretó los labios, confundida. Creía, después de escuchar la versión de Olivia, que las cosas no habían sucedido así, sino al revés. Esa nueva perspectiva, si era cierta, le daba la vuelta a todo. La exnovia de Bennett no se había ido porque él hubiera cambiado, sino que había cambiado porque ella se había ido.

—No me mires con pena —le pidió él de pronto.

Sus ojos verdes se fijaron en ella por primera vez. Mirándolo tan de cerca, veía cómo todo en él era una inconsistencia, una contradicción. Miles Bennett le daba miedo, era un tipo violento y peligroso. Pero Gia creía cada una de sus palabras, lo hacía casi por instinto, porque lo sentía así.

—No es pena. Es comprensión —susurró ella.

Quiso tocarlo, estuvo a punto de hacerlo, pero se contuvo. Estaba entrevistándolo, no consolándolo. Debía conservar su profesionalidad si quería que ese trabajo le abriera las puertas de *Onzone*.

—El resto es todo culpa mía, así que no puedo decirte que Nicole lo hizo todo. Me echaron de todas las asociaciones de boxeo en cuanto se corrió la voz de que participaba en peleas que no eran profesionales, y yo seguí haciéndolo, lo hice aún más. Me marché del Rowland's y empecé a pensar en más y más formas de hacer dinero rápido y fácil. Me había propuesto que, si reunía un millón de libras, podría marcharme de aquí, mandarlo todo a la mierda y empezar de nuevo. —Miles la miró otra vez—. Me siento atrapado, hay días en los que no puedo entrar en el cuadrilátero si no bebo algo fuerte, cualquier cosa. Te juro que ya no me reconozco a mí mismo —le susurró.

El modo en el que pronunció esas palabras la estremeció. Ambos se quedaron en silencio un instante hasta que ella habló de nuevo:

—¿Has pensado en dejarlo?

—Cada día. Cada minuto —reconoció Bennett—. Todo esto no me ha traído más que problemas. He perdido a todos mis amigos, a Isaac...

—¿Y qué te lo impide? —preguntó Gia con sinceridad. No había ningún reproche en su tono de voz, solo puro interés—. No quiero ofenderte, Bennett, pero creo que no necesitas un millón de libras, lo que necesitas es ayuda.

No podía evitar romper los límites de la entrevista. Sabía que debía cerrar la boca, escucharlo y escribir lo más importante. Pero se encontraba a sí misma *sintiendo*, teniendo la necesidad de hablar con él de forma sincera. Como entrevistadora, no estaba siendo demasiado imparcial, sin embargo, a esas alturas, sentía más bien que eso era una conversación, una muy intensa.

Bennett se quedó en silencio, en cierto modo molesto. ¿Quién era ella para meterse en su vida de esa manera? Después recordaba que él mismo era quien le había dado acceso a toda esa información, él era quien le estaba hablando de su historia y de sus propósitos. Tardó más de un minuto en volver a mirarla.

—¿Hemos terminado? Creo que eso era todo, la verdad es que me siento un poco ridículo sabiendo que toda mi vida se puede contar en un par de horas. No creía que fuera a ser tan simple.

Estaba más que claro que no quería seguir hablando, que, para él, la entrevista había acabado. Gia asintió con la cabeza, un tanto desilusionada. Quizás porque, sin saberlo, quería meterse aún más en la cabeza de Bennett, entender su razonamiento.

Pero no podía hacerlo más allá de lo que él le permitiera.

—Gracias —le dijo—, de verdad. No sabes lo que esto significa para mí.

Bennett no contestó. Tan solo apretó los labios, asintió con la cabeza de nuevo y se puso en pie.

—Será mejor que me vaya. Son las tres de la mañana.

A su espalda, Gia lo vio tomar su teléfono móvil y observarlo. Probablemente estaba barajando cómo volvería a su casa. Sin siquiera pensarlo, tan solo escuchando a una voz en su cabeza, Gia habló de nuevo:

—Quédate —ofreció—, es muy tarde para que te vayas. Además, debes de estar cansado.

Cuando Miles escuchó esas palabras, se giró hacia ella. La observó con los ojos entrecerrados, con un deje de desconfianza que a Gia no le pasó desapercibido. Le habría encantado saber por qué la miraba así, qué quería decir. Antes de que Bennett contestara, ella siguió hablando:

—El sofá es cómodo, de verdad. Yo me quedo dormida aquí todo el tiempo.

Eso pareció aliviarlo. Gia se preguntó si, de algún modo, lo había incomodado pensar que se estaba insinuando. Después de lo que él le había contado, después de conocerlo muchísimo mejor de lo que jamás creyó que lo conocería, hasta ella misma se había planteado por un segundo si eso era lo que de verdad había querido decir al ofrecerle que se quedara.

—No quiero molestar.

—No seas tonto. Te agradezco mucho todo esto... Para mí, tu historia es mucho más que un trabajo de la universidad.

Después de hablar sin parar durante tanto

tiempo, Bennett parecía haberse quedado sin palabras. Se paró en mitad del salón, como si quisiera decir algo, pero sin que nada saliera de entre sus labios.

—¿Crees que te ha servido de algo contármelo? —preguntó Gia.

—¿Te refieres a la paz mental que me habías prometido?

Con una sonrisa dulce, ella le indicó que sí, que se refería precisamente a esa «paz mental». Él se tomó su tiempo, una vez más, como si estuviera reflexionando cada palabra, cada nueva idea que cruzara su mente.

—Nunca le había dicho todo esto a nadie. Samuel lo sabe, Isaac también, mi amiga Kim lo intuye..., pero porque lo han visto, lo han vivido conmigo. Nunca me había plantado delante de alguien para hablar así. De hecho, ni siquiera creía que pudiera importarle a nadie.

A Gia le importaba, cada vez se daba más cuenta de eso. Sabía que, si se acercaba a Miles en ese momento, él se resistiría de nuevo. Parecía obsesionado con la idea de que, cada vez que ella quería confortarlo de alguna manera, eso solo era un signo de pena y compasión. Ese chico había estado solo durante demasiado tiempo.

Gia se levantó del sofá y llegó hasta él. Quiso tocarlo, pero no supo cómo hacerlo. Le sonrió de nuevo, de forma tranquilizadora.

—Te traeré sábanas y mantas. ¿Quieres un pijama de Joseph? Estoy segura de que no le importará prestártelo.

—No, no hace falta —rechazó él con rapidez—, pero gracias.

Gia preparó el sofá tan bien como pudo. Le indicó a Bennett dónde estaban el baño y la cocina y se despidió con un simple «buenas noches» antes de dirigirse a su habitación.

Cuando ella desapareció, Miles se sintió más perdido de lo que recordaba haber estado en mucho tiempo. Se sentó en el acolchado sofá, que, tenía que reconocerlo, era muy cómodo, y decidió beber un poco del vaso de agua que Gia le había traído. Tan pronto como el líquido rozó sus labios sintió una sed incontrolable y se lo tomó entero de un solo trago. Su cuerpo estaba agotado, le escocían las manos y…, a decir verdad, le dolía cada pequeño rincón de piel. Su mente… su mente experimentaba una extraña quietud que no había anticipado: ahí estaba, se lo había contado todo a alguien y no había pasado nada, el mundo no había implosionado.

Siempre había creído que si le hablaba a alguien de su historia pensaría que mentía o, quizás, que se estaba haciendo la víctima. No era así, en absoluto. Cada pequeño paso que él había dado, cada una de las malas decisiones, había sido suya. Nicole, al principio, las había alimentado, pero era él quien había ido desafiando, poco a poco, los límites del bien y el mal. Y, ahora solo se tenía a sí mismo para culparse.

Bennett se acurrucó en el sofá y apagó la luz de la mesilla que reposaba frente al sillón. Sus ojos se posaron en el techo y distinguió una mancha de humedad considerable. Estaba claro que Gia tampoco lo tenía fácil. Admiraba su talante luchador, su optimismo. Cuando ella le había propuesto esa entrevista, había pensado que estaba loca. Ni siquiera se había planteado que aceptar fuera una opción. Hasta que la había visto intentar convencerlo. Lo había hecho tan abiertamente, de un modo tan natural, que se había quedado desarmado.

Si no fuera porque todo eso se trataba de un trabajo de la universidad, Miles habría pensado que a esa chica le faltaban dos dedos de frente por interesarse en él. Él, que tenía poco y menos que ofrecer.

Sus ojos comenzaron a cerrarse. Le pesaba todo en su cuerpo, pero por dentro sentía una ligereza increíble, era una sensación que ni siquiera podía comenzar a describir. Como si se hubiera quitado un peso de encima, un peso que no sabía que cargaba porque estaba acostumbrado a llevarlo a todas partes.

Miles tomó aire y cerró los ojos. Se imaginó a Gia, solo a unos metros de él, tumbada sobre su cama. Sintió las comisuras de sus labios curvarse hacia arriba cuando pensó, de nuevo, en sus pantalones rosas y en cómo, a pesar de estar en pijama y con el cabello recogido en una improvisada cola, lo había tratado como si fuera una entrevistadora profesional llevando a alguien a su programa. Era divertida y, para su sorpresa, era madura, muy madura.

Se imaginó cómo sería besarla. Fue un pensamiento que entró en su mente antes de que él siquiera pudiera planteárselo. Quizás porque estaba a punto de quedarse dormido, quizás porque estaba en su casa, a solas con ella. Durante unos segundos, se permitió a sí mismo pensarlo: su imaginación dibujó con dolorosa exactitud una escena en la que él la besaba, acercándola a su cuerpo. Podía sentir su olor, la suavidad de su piel y el latido de su corazón junto a su pecho. Se imaginó explorando su piel con sus labios, bajando por su cuello y besando cada pequeño y suave rincón de esa joven. Por un instante casi escuchó sus gemidos e imaginó cómo sería el sabor de ella en su boca. Hacía demasiado tiempo que no estaba con una mujer y Miles no era precisamente de piedra, más bien al contrario. Sentía fuego en ocasiones. Y esa era una de ellas. Se obligó a sí mismo a dejar esa idea en cuanto sintió ese familiar terror al que ya estaba acostumbrado: terror a que sus pensamientos fueran demasiado lejos, a imaginar algo demasiado real, a ilusionarse con algo que no iba a suceder.

Se forzó a recordar que ese día había ganado casi tres mil libras, aunque aún tenía que darle su parte a Sam. Sí, el dinero era algo en lo que merecía la pena pensar, algo que ya tenía y que nadie iba a arrebatarle.

No tardó en quedarse dormido, arropado por la misma manta que acariciaba el rostro de Gia casi todas las noches. En su cuarto, ella tardó un poco más en conciliar el sueño. Al fin y al cabo, también tenía muchas cosas en las que pensar, y la más complicada de todas era intentar descifrar, por fin, qué era aquello que comenzaba a sentir por Miles Bennett.

Capítulo 11

Lo despertó el sonido de la cafetera. Miles abrió los ojos, encontrándose en un lugar extraño, y tardó varios segundos en percatarse de que ese sofá oscuro y esa manta suave pertenecían a Gia. Por un momento entró en pánico, ¿qué hora era? Alcanzó su teléfono móvil con la punta de los dedos y pudo comprobar que eran casi las diez y media de la mañana. No entendía cómo podía haber dormido tanto y tan cómodamente en una casa que no era la suya. Ni siquiera recordaba la última vez que se había despertado en una habitación que no fuera su austero cuarto, en aquella casa que una vez compró junto a Nicole.

—¿Te he despertado? —escuchó la voz femenina, llegándole desde la cocina.

Su respiración se aceleró un instante al recordar a Gia, al rememorar lo que había sucedido el día anterior. Era curioso pensar en eso como algo de lo que, quizás, avergonzarse. No se habían acostado, no, ni siquiera habían rozado la piel del otro..., pero lo que habían hecho era mucho más íntimo que todo eso; él le había abierto su interior a una persona a la que apenas conocía, en la que ni tan solo sabía si podía confiar.

—No —mintió él—, he dormido mucho.

—Estabas muerto de cansancio, me imaginaba que no despertarías hasta el mediodía. —La voz musical de ella regresó al salón, Miles se imaginó que sonreía—. ¿Quieres un café?

—De acuerdo —aceptó él, después se incorporó, percatándose de que aún llevaba los mismos vaqueros y la camiseta del día anterior. Se había duchado después de la pelea, pero de nuevo se sentía, en cierto modo, sucio—. ¿Te importa si me ducho primero?

Ella apareció por fin. Su rostro, tan hermoso como siempre, se fijó en él y una amplia sonrisa llegó a su boca. Gia se había puesto un vestido de lana de color granate que le quedaba por encima de las rodillas, tenía el cabello húmedo, pues probablemente acababa de salir de la ducha.

—Claro, he dejado toallas en el baño.

Miles se dirigió al aseo. La realidad era que todavía le dolía cada músculo de su cuerpo, sentía dolor incluso en lugares que no sabía que tenía, pero era algo a lo que ya estaba acostumbrado. Era alarmante, si tenía que ser sincero consigo mismo, acostumbrarse a algo así. Por razones como esa, después de cada pelea, después de cada pequeño negocio ilegal, una vocecita en su cabeza le decía que esa debía ser la última vez que lo hiciera. Pero Bennett era un maestro en ignorar esa vocecita.

Apenas diez minutos más tarde, Miles entró en la cocina y la encontró apoyada en la encimera ojeando su móvil. Levantó la vista en cuanto él cruzó la puerta y volvió a sonreír. A Bennett le gustaba esa sonrisa, le parecía sincera. Gia le ofreció una taza de café solo.

—No sé cómo lo tomas.

—¿Leche?

Gia le tendió una pequeña jarra de porcelana llena de leche templada. Miles lo agradeció y después observó la habitación a su alrededor. Era una cocina muy pequeña y anticuada, pero estaba limpia y ordenada. Bebió un trago de café, estaba fuerte y amargo, le gustó.

Miles se sentía como un alien allí, junto a ella, y se preguntó si el día anterior debería haber hecho algo, si quizás tendría que haberla... ¿besado?

—¿Trabajas esta noche? —le preguntó.

Ella asintió con la cabeza.

—¿Y tú, peleas?

Miles se rio.

—Entreno, quizás —respondió—, estoy un poco dolorido, no voy a mentirte.

Solo entonces Gia pareció percatarse de que sus heridas físicas iban más allá de algún corte en el rostro o parches de piel enrojecidos. La joven posó su mano en la de él y, tomándola, la acercó a su rostro. Durante varios dolorosos segundos, Gia observó los nudillos de Bennett; no estaban pelados por completo, pero sí presentaban magulladuras. Acarició su piel y él dejó la taza de café sobre la encimera. Cerró los ojos al sentir ese roce, la tenía tan cerca...

Bennett tomó aire y posó su mano en el cabello de Gia, con solo un movimiento la pegó con suavidad a la encimera de la cocina y ella despegó la vista de sus nudillos, dirigiéndola a su rostro. Pensó que, quizás, lo besaría, pues de pronto supo que estaba mirando sus labios... Pero no lo hizo, no lo besó. Gia levantó la mano y rozó con suavidad el corte que le habían hecho la noche anterior en la comisura de los labios. La tensión crecía dentro de Miles, la sentía demasiado cerca.

Quería besarla, lo sabía perfectamente, pero tenía demasiado miedo de hacerlo. Si ella lo rechazaba, saldría por esa puerta y no podría volver a verla nunca. Después de todo lo que había pasado, el rechazo lo aterraba más de lo que jamás podría admitir.

Gia se puso de puntillas y acercó sus labios a él. Besó la herida de su boca con cuidado, después, con un movimiento simple y natural, posó sus labios sobre la mejilla de él y depositó un nuevo beso allí. El corazón de Miles se detuvo y su mente se congeló, como si no entendiera qué estaba sucediendo, qué era eso. Cuando Gia se alejó unos centímetros y lo miró a los ojos de nuevo, él ya no tuvo más elección. Acercó sus labios a los de ella y los rozó. Quizás esperaba que se apartara, quizás incluso lo deseaba un poco..., pero ella no lo hizo. Gia dejó escapar un ligero gemido de entre sus labios y correspondió el beso. Miles tomó sus labios con suavidad, disfrutando de cada pequeña caricia, y acercó el cuerpo de la joven al suyo, sintiendo que la sangre fluía por sus venas, líquida y caliente. Nunca un beso le había resultado tan excitante, tan intenso e inesperado.

Ni siquiera supo cómo, pero Miles la tomó entre sus brazos y, antes de percatarse de qué estaba sucediendo a su alrededor, habían caminado varios metros hasta llegar a la habitación de Gia. Se tumbaron sobre la cama, con sus cuerpos entrelazados. Ese beso era liberador, era una prueba más de que ella era increíble. Bennett sintió su estómago tensarse y acarició el cabello de Gia, que lo besó de nuevo, esa vez con más fuerza que antes. Sentía las piernas de ella enredadas en sus caderas, la notaba tan cerca que apenas distinguía dónde terminaba su cuerpo y dónde comenzaba el de ella. Su sangre fluía por todo su cuerpo con mayor intensidad, casi notaba el cosquilleo por debajo de su piel. Sabía a dónde podía llegar eso y el solo pensamiento lo estremecía; se imaginó tomándola, poseyendo su cuerpo y oyendo los gemidos de Gia. Una corriente eléctrica lo recorrió.

Acarició el pecho de Gia suavemente y fue bajando hasta llegar al abdomen. Solo entonces se detuvo, sabiendo lo que estaba a punto de hacer, sabiendo a dónde iba todo eso. Cuando Gia alzó la vista y lo miró a los ojos, fue como si un ruego silencioso apareciera en su mirada. Con un solo movimiento, las caderas de Miles volvieron a rozarse con ese lugar en el que las piernas de ella se juntaban. Gia echó la cabeza hacia atrás y dejó escapar un suspiro ahogado cuando la tela la acarició justamente *ahí*. Ni siquiera necesitaba sentir su piel directamente, solo con un movimiento, con un roce, ya conseguía erizar su piel.

Miles la besó de nuevo y esa vez sus manos por fin acariciaron los pechos de ella por debajo de la camiseta. Los pezones de Gia se endurecieron cuando él la tocó y, cuando sus bocas volvieron a rozarse, ya no todo era curiosidad y sorpresa, no, había un deseo erótico y oscuro entre ellos. Algo que parecía más serio, mucho más que antes.

Ella lo miró y, por un instante, pareció recuperar la cordura. Alejó sus labios de los de él, estableciendo una distancia que, a pesar de ser solo de un par de centímetros, era suficiente para romper el beso que tan íntimo se había tornado. Si se hubiera quedado así solo unos segundos más, Miles sabía que no habría tardado mucho en arrancarle el pantalón y enterrarse en ella. Y ahí ya no habría habido vuelta atrás.

—No es la mejor idea —susurró Gia, apartándose el cabello del rostro.

Su aroma llegó hasta él de un modo más intenso. Gia olía bien, olía a algo dulce y frutal. Algo de lo que era muy difícil alejarse.

—No lo es —dijo él—, creo que debería irme.

—Vale —susurró Gia.

Se separaron, pero para Bennett fue incómodo, fue... erróneo. Como si eso no tuviera que acabar así, como si el hecho de que sus cuerpos ya no estuvieran juntos no fuera correcto. Él se incorporó, pero antes de ponerse de pie, antes de marcharse, Gia volvió a hablar:

—Espera, quédate —le pidió. Apartó la mirada como si hacerlo la avergonzara—. Quédate un poco. No... no tiene por qué pasar nada.

Miles tuvo frente a él, en ese momento, una de las decisiones más difíciles con las que se había encontrado en los últimos tiempos. Podía, efectivamente, quedarse allí con ella; seguir hablando, seguir conociéndola y, además, compartiendo tiempo juntos. O podía marcharse, dejar que aquello terminara así, antes de empezar. Quería irse, una parte de su mente le rogó que lo hiciera..., pero no fue capaz de escucharla.

Con un suspiro derrotado, imaginando las consecuencias de lo que acababa de decidir, Miles volvió a recostarse junto a ella. Apoyó su mejilla en la almohada de Gia y llevó su mano al abdomen de la joven, donde la dejó descansar, sin otra intención que sentirla allí, a su lado.

—De acuerdo —susurró él.

—Bien.

Algo le decía a Miles que esa podía ser la mejor o la peor idea que hubiera tenido nunca.

Gia tocó la puerta del despacho del señor Gold. Eran las dos de la tarde y las clases habían terminado por ese día, pero quería hablar con él en persona tras haberle mandado el trabajo completo por correo electrónico solo unos minutos antes.

—Adelante.

William Gold pareció, ciertamente, complacido de verla.

—Señorita Bay, acabo de recibir su trabajo —informó él, su tono de voz sonaba satisfecho—. Parece que al final ha conseguido poner sus asuntos en orden.

En realidad, si algo había hecho en las últimas horas había sido poner su mundo aún más patas arriba. Gia tragó saliva y sonrió, complaciente, ante las palabras de su profesor. Había besado a Bennett, mucho más que besado, de hecho. No habían tenido más contacto físico, pero se habían acercado tanto a nivel emocional en tan solo unos días que no sabía qué hacer ni cómo reaccionar.

Le gustaba Miles Bennett, de eso no había ninguna duda, pero no estaba segura de que debiera gustarle.

—Sí, todo solucionado.

El profesor la observó desde su escritorio.

—Me alegro, señorita Bay. —Se quedó en silencio un segundo más y después apuntó—: Tiene usted potencial.

Como si eso fuera una despedida, el señor Gold bajó la cabeza y volvió a ocuparse en lo que fuera que estuviera haciendo cuando Gia llegó al despacho. Ella interpretó que ya era hora de marcharse y se despidió de él con un formal «muchas gracias, señor Gold». Después salió de allí por fin, un poco más optimista de lo que había estado antes.

Capítulo 12

Después de cuatro días más sin verlo, Gia comenzó a plantearse si esa iba a ser la dinámica que tendría con Bennett a partir de ese momento. Ni siquiera tenía su número de teléfono, ¿significaba eso que hasta ahí había llegado su historia? Después de lo sucedido en su casa tras la entrevista, no sabía si debía ser ella quien lo contactara. ¿Qué se hacía en un caso como ese?

—¿Cómo vas? ¿Te falta mucho? —preguntó Isaac, que bajaba las escaleras desde su oficina del piso superior, llegando al bar.

—Casi he terminado —anunció ella—. Estaré lista en dos minutos. Saco la basura y vuelvo.

—¿Te ayudo? —se ofreció Isaac.

Ella negó con un gesto y desapareció por detrás de la barra.

Solo le quedaba sacar el cubo de vidrio a la parte trasera del bar, donde el servicio de reciclaje lo recogería a la mañana siguiente. Gia batalló ligeramente con el enorme cubo, pero pronto pudo cerrar la puerta y regresar al bar. Mientras tomaba su mochila del armario de madera de la pared, se preguntó dónde habría dejado su móvil. Sabía que Isaac no era impaciente, no le importaría esperar un minuto más, pero Gia se molestaba consigo misma cada vez que no encontraba el móvil, las llaves o incluso su chaqueta. ¡Tenía la cabeza en otra parte!

—¿Quieres que te lleve a casa? He venido en coche.

Isaac era muy amable al ofrecerle transporte, pues eran las doce de la noche. Gia enterró su mano en el armarito, maldiciendo en voz baja, y por fin encontró el móvil en el suelo pegado al cargador, allí donde lo había dejado. La joven se puso en pie y se dirigió a la puerta, donde su jefe ya la esperaba.

Le gustaba Isaac. Era de confianza, como diría Olivia. En las pocas veces que lo había mencionado cuando hablaba con su madre, esta se había mostrado mucho más tranquila sabiendo que el jefe de su hija la cuidaba y se preocupaba por ella.

—¿Seguro que no es molestia? Tienes que desviarte mucho...

—No seas tonta, por la noche no hay tráfico.

—De acuerdo, gracias.

Pero, tan pronto como abrieron la puerta principal del Rowland's, Gia se quedó congelada un instante. Allí parado, apoyado en el capó de un coche azul oscuro, se encontraba Bennett. El corazón le dio un salto instantáneo y tuvo que controlarse. Intentó mantener su mano lo más estática posible mientras cerraba la puerta del bar e introducía el manojo de llaves dentro de su mochila.

Supo que Isaac ya lo había visto y se encontraba confundido, mucho. Podía verse en el ceño algo fruncido de ese hombre que, seguramente, no sabía si percibir la presencia de Miles allí como una amenaza. Gia recordó que ellos dos estaban emparentados, que él lo había criado como a un hijo después de que Bennett cumpliera diez años, y se le rompió el corazón al pensar en que la relación entre ellos parecía inexistente ahora.

Bennett se acercó a ellos y el gesto de Isaac se suavizó cuando vio en su rostro que parecía ir en son de paz.

—Miles, ¿qué haces aquí? —No lo preguntó de un modo amenazador, sino... ¿esperanzado?

Fue toda una sorpresa para Isaac, de eso Gia estaba segura, cuando escuchó su respuesta.

—He venido a buscar a Gia —contestó—. Si ella quiere venir conmigo.

Era consciente de que sus mejillas estaban rojas. Gia bajó la cabeza, algo avergonzada. Menuda casualidad que Bennett fuera a buscarla justo el único día de la semana en el que cerraba el bar con Isaac en vez de con uno de los porteros, con Luke o con Olivia. Sintió que lo que había sucedido entre ellos dos de algún modo acababa de cobrar cierto grado de «oficialidad».

El tono de voz de Isaac se tornó divertido:

—¿Y Gia quiere ir contigo? —preguntó, lanzándole una mirada de reojo a su empleada.

Maldición. Toda la atención estaba puesta sobre ella. Tan solo tuvo que mirar a Miles, fijarse en sus ojos verdes y su cabello oscuro, en el modo en el que estaba allí, parado frente a ellos, tan vulnerable como unos días antes en su salón. Podría decirle que no y marcharse de allí con Isaac, y sabía, estaba perfectamente segura, de que él no volvería a hablarle ni molestarla jamás, que aceptaría su *rechazo* de forma elegante. Pero no quería hacerlo. Cada noche había imaginado que él llamaba a su puerta o que se cruzaba en su camino por la calle. Quizás él también había soñado lo mismo.

—Sí, está bien —murmuró ella, sin saber de qué modo podía disimular su nerviosismo.

Miles ocultó una pequeña sonrisa, ya que había temido durante horas que se negara a ir con él. Ni siquiera sabía por qué, pero tenía miedo de comprender que, a lo mejor, eso no estaba siendo tan especial o importante para ella como lo era para él. Asintió con la cabeza y Gia dio un par de pasos más en su dirección. Isaac se quedó parado un instante.

—Bueno, ocúpate de que llegue bien a casa.

—Sí, desde luego —respondió Miles.

Isaac los observó, aún sorprendido. Finalmente, dio un par de pasos atrás y se despidió de ellos con un gesto, al tiempo que sacaba las llaves del coche del bolsillo de su chaqueta de cuero. Gia y Bennett se quedaron solos.

—¿Vamos? —preguntó él.

—Sí.

Ni siquiera sabía que él tenía coche. Era extraño, porque conocía tantas cosas de él y, a la vez, tan pocas... Ambos entraron en el vehículo azul marino y, por un momento, antes de que Bennett arrancara, se quedaron en silencio dentro del automóvil. Fue él quien habló primero:

—Lo siento. Si llego a saber que estabas con Isaac no habría venido.

Ella sonrió nerviosamente.

—Bueno..., no pasa nada. Se habría terminado enterando de todas formas, ¿no? —Al instante comprendió las implicaciones que aquello que acababa de decir tenía—. O no. No lo sé.

Él soltó una pequeña carcajada con su voz grave cuando la escuchó. Después, por fin, extendió una mano y acarició su mejilla al tiempo que la acercaba a él. La besó con suavidad y Gia cerró los ojos, sintiendo la familiar ternura de los labios de Miles sobre los suyos. Besarlo le provocaba adrenalina, como si se encontrara mirando por la azotea en el último piso de un rascacielos.

—¿Te llevo a tu casa? —preguntó él tras apartarse unos segundos más tarde.

—¿A dónde más puedes llevarme?

Para Miles, la opción de llevarla a *su* casa estaba vetada. El simple pensamiento de alguien que no fueran él mismo o Samuel pisando el suelo de ese lugar le erizaba la piel.

—No lo sé, es tarde.

Gia se quedó pensativa un momento.

—Voy a volver a Leeds —dijo de pronto—, por Navidad. Pero regresaré a Londres a finales de la próxima semana.

—Entonces, creo que es mejor que te lleve a casa, sí. Necesitarás descansar.

Miles giró la llave del coche, arrancando el motor, pero ella habló de nuevo:

—No, no —se apresuró a decir—. Estoy bien, no te preocupes, quiero aprovechar el tiempo antes de marcharme. Aún podemos hacer algo hoy, aunque sea tarde.

Bennett se giró hacia ella con una ceja enarcada.

—¿Algo como qué?

Ante eso, Gia compuso una sonrisa enigmática. Después tomó su teléfono móvil y buscó rápidamente el GPS, tecleando una dirección que había escrito mil veces antes. Le mostró el mapa de Londres a Bennett con una ruta destacada en color azul.

—Conozco un sitio, te va a gustar.

Él no preguntó. Tan solo dejó escapar una nueva risa —algo a lo que Gia comenzaba a acostumbrarse, algo que le gustaba— y comenzó a conducir rumbo a aquel lugar.

***

Entraron por la puerta trasera, tal y como lo hacían los empleados. Hacía meses que Gia no pisaba ese lugar, pero allí se sentía a gusto, a salvo. Miles estaba confundido, ¿por qué demonios se encontraban en un extraño polígono industrial oscuro que parecía casi abandonado? Gia, justo en la entrada, había tecleado un código de cuatro dígitos que había abierto la puerta principal.

Bennett se sorprendió de que ella conociera dónde estaba cada interruptor, cada nueva puerta, y Gia iba encendiendo luces, pasando por salas pequeñas y repletas de materiales de construcción, botes de pintura y, por último, materiales deportivos, como porterías, palos de *hockey* y un sinfín de vallas de plástico.

—Sé que es irónico que yo pregunte esto, pero ¿es legal que estemos aquí?

Gia le contestó con una carcajada.

—Más o menos.

La siguió por otra puerta más y, por fin, ambos salieron a un enorme recinto iluminado pobremente. Lo primero que Miles experimentó fue un intenso frío que lo sorprendió. ¿Dónde demonios estaban? Solo entonces Gia se acercó a lo que parecía una caja eléctrica y encendió un par de interruptores que produjeron un chasquido. Las luces no quedaron encendidas por completo, pero Bennett abrió mucho los ojos cuando distinguió por fin que se encontraban en una enorme pista de hielo. Alrededor, decenas de asientos formaban unas gradas de varios niveles. ¡Ese lugar era un maldito estadio!

—Joder —susurró—, ¿qué hacemos aquí?

Tan extraño como podía parecer, Bennett tenía miedo. Aun así, le resultaría bastante divertido que, si ese día acababa metido en un calabozo, arrestado por la Policía, la razón fuera que se había colado en un lugar como ese.

Cada pequeño rincón del recinto se encontraba decorado con lucecitas y motivos navideños. Varios árboles de Navidad que medían casi tres metros estaban repartidos a cada lado de la pista de patinaje. Los ojos de Gia se iluminaron al contemplar todas esas decoraciones y sonrió ampliamente cuando volvió a mirarlo.

—Patinar. Si quieres, claro.

—¿Hola? —Una voz extraña, proveniente del otro lado del recinto, sobresaltó a Bennett, que dio un paso atrás y, por puro instinto, tomó la mano de Gia entre las suyas—. ¿Quién está ahí?

—¡Soy yo, Bob! —gritó Gia.

Al instante, Bob apareció, aunque se encontraba en el extremo contrario de la pista. Era un hombre de mediana edad, vestía un uniforme de seguridad verde oscuro y, para sorpresa de Miles, los saludó alzando su brazo al tiempo que sonreía.

—¡Gia! ¿Cómo estás? Demonios, llevo sin verte... ¿Dos, tres meses?

—Estoy trabajando en un bar —contestó ella de forma animada—. Se llama Rowland's, deberías venir a visitarme. Está en Mile End.

Bennett contemplaba esa conversación con cierto divertimiento. Ambos, prácticamente, tenían que gritar para poder hablar con el otro, de tan lejos como se encontraban.

—¿Mile End? —preguntó Bob, soltando una carcajada—. ¿Y qué te ha llevado a ti a Mile End? —Antes de que Gia pudiera contestar, Bob volvió a hablar—: ¿Y tú amigo también es del este?

—Sí, se llama Bennett.

Él no pudo evitar sonreír internamente. Bennett era su apellido, también el modo en el que todos lo llamaban ahora, desde que ya no era solo «Miles». Desde que se había convertido en otra persona. Aun así, que ella lo llamara de esa manera siempre le producía cierta ternura. Quizás porque «Bennett» para él solo significaba algo negativo, pero Gia era capaz de darle un poco de luz a ese nombre.

—Hola, Bob —gritó él también.

—Encantado, Bennett —respondió el vigilante, después volvió a hacer un gesto, indicando que dejaría la pista de nuevo—. Voy a seguir la ronda. Gia, compórtate, ¡no te rompas nada!

—No te preocupes, Bob —respondió ella—. El turno de mañana ni se va a dar cuenta de que hemos estado aquí.

—Más te vale.

El hombre se marchó y Miles la observó con curiosidad.

—¿Y eso?

—Trabajé aquí el año pasado —explicó Gia—. Los empleados veníamos aquí por las noches, patinábamos con la pista vacía... Es divertido. Sabía que Bob estaría aquí esta noche, a él no le importa que vengamos. Aunque voy a tener que comprarle chocolate y traérselo cualquier día de estos para compensarlo por mantener la boca cerrada.

Había algo en su modo de hablar tan tierno que Miles ni siquiera llegaba a entender por qué Gia se dignaba a pasar un minuto de su tiempo con él. Tomó aire y la observó un tanto avergonzado.

—Yo no sé patinar —admitió en voz alta.

Ella soltó una carcajada.

—¿Cómo que no? ¿Y qué hiciste durante tu adolescencia?

Tenía muy clara la respuesta. Mientras el resto de los chicos de su clase pasaban horas y horas haciendo *skate* frente a las puertas del instituto, él se encontraba haciendo otra cosa.

—Boxear.

Gia chasqueó los dedos.

—Es verdad, casi me había olvidado —contestó, después caminó hasta un pequeño reservado, situado en una de las esquinas de la pista. Sin ningún tipo de duda, se coló dentro y se agachó por detrás del pequeño mostrador. Al momento, se incorporó de nuevo, portando en sus manos un par de patines. Los dejó sobre el mostrador—. ¿Qué talla usas?

—Cuarenta y cuatro —contestó él, volviendo a sonreír.

No dejaba de hacerlo cuando estaba con ella. Sabía que era absurdo, sabía que se estaba convirtiendo en un tonto, pero esa profunda presión que siempre atenazaba su pecho desaparecía mientras la tenía a su lado.

Ella tomó otro par de patines y se los tendió. Gia tardó solo medio minuto en colocarse los suyos, como si lo hubiera hecho miles y miles de veces antes. Miles, por el contrario, se los puso con dificultad, sentado en una silla y temiendo constantemente cortarse con la cuchilla de la base —porque era una cuchilla, ¿no? O eso había escuchado. ¿Quién demonios pondría una cuchilla en unos patines?—.

—¿Estás listo? —preguntó ella cuando Miles por fin logró colocárselos con propiedad.

—¿No deberíamos llevar rodilleras?

Gia lo observó con un gesto irónico.

—¿Quieres un casco también? —preguntó de forma sarcástica.

Y la verdad era que sí, un casco le haría sentir mucho más seguro. Bennett trató de ahogar una carcajada y, después, se puso en pie. Caminó de forma torpe junto a ella hasta llegar a la pista y, en ese momento, Gia se dejó llevar, deslizándose sobre el hielo como toda una profesional. Bennett estaba bastante seguro de que ese día se iba a romper una pierna o un brazo, así que dudó seriamente de que pudiera luchar en la pelea que tenía el siguiente sábado, el treinta y uno de diciembre. Si eso sucedía..., estaba jodido.

—Lo haces muy bien —comentó él, parado a un lado de la pista, sin atreverse a moverse.

—Es solo práctica. Al principio tenía mucho miedo. Me he caído tantas veces que considero que el hielo es mi mejor amigo.

Gia dio un par de vueltas sobre sí misma, su cabello se despeinó al instante y su flequillo quedó revuelto sobre su frente. Estaba adorable, con la punta de la nariz enrojecida y los ojos brillantes por el frío. Miles nunca había visto a una chica más hermosa en toda su vida. Ni siquiera podía creerse que eso le estuviera pasando a él, que a ratos se sentía como una rata callejera.

Ella patinó hacia él, quedando a pocos centímetros de su cuerpo.

—Venga, Bennett. ¿No eres muy valiente cuando estás en el *ring*? —le dijo, con una picardía que no pudo resistir. Gia tenía razón, era divertido ver cómo de seguro era ante otro luchador, pero hasta qué punto parecía asustado allí.

—Eso también es solo práctica —murmuró Miles—. Al principio, también tenía mucho miedo.

Gia apretó los labios y lo miró a los ojos. Normalmente, esa compasión que él veía en los demás le hacía sentir ganas de vomitar, pero, tal y como ella le había dicho, no se trataba de compasión, sino de comprensión. Le tendió la mano y él, tras dudar unos segundos, la agarró. Se dejó arrastrar por ella y, varias veces, trastabilló, pero no llegó a caerse. Poco a poco se sintió más suelto, más libre, y comenzó a reírse junto a ella mientras se desliza- ba por la pista. Gia se movía con movimientos ági- les, aunque lo ayudaba a permanecer en pie y lo sujetaba cada vez que él resbalaba.

Bennett sintió ese día que podía confiar en Gia, algo que no había experimentado en más de dos años, algo que ya no creía que volvería a sentir otra vez.

Capítulo 13

Tras su visita a la pista de hielo, se habían despedido en la puerta de la casa de Gia. Se había arrepentido de no haberlo invitado a subir en cuanto él había regresado a su coche, pero Gia tenía miedo. No tenía miedo de Miles, ya no, sino de todo aquello que este le provocaba. ¿Qué demonios eran? ¿A dónde iba todo eso?

Pensó que no volvería a verlo en varios días, quizás hasta después de que hubieran pasado las fiestas navideñas, pero se sorprendió cuando él llamó a su puerta el día siguiente. Gia acababa de terminar de preparar su pequeña maleta, pues a la mañana siguiente regresaría a Leeds, donde pasaría la siguiente semana.

—Hola —saludó Gia tras abrir la puerta.

—Hola.

Ambos se observaron unos instantes, parados el uno frente al otro. Era curioso ver cómo su relación aún resultaba extraña en ocasiones, momentos en los que ninguno de los dos sabía qué hacer ni cómo dirigirse al otro. Quizás porque su historia había comenzado de un modo muy poco convencional.

—¿Quieres pasar? —preguntó la joven después de unos segundos de silencio.

—No sabía si te habrías ido ya. Iba a llamarte, pero... —dijo Bennett, excusándose. Guardó silencio sin siquiera terminar de hablar.

Gia sabía que se sentía inseguro y que, posiblemente, había sido un gran esfuerzo para él llegar hasta allí. Ninguno de los dos parecía saber muy bien cómo comportarse aún, cómo procesar el hecho de que ambos estaban sintiendo algo por el otro, algo que había parecido tan poco probable al principio.

—Me voy mañana por la mañana —contestó ella, cerrando la puerta tras él. Después se giró y lo miró de nuevo—. Pero me alegro de que hayas venido, quería verte.

Bennett sonrió tímidamente y bajó la cabeza. Eso aún le resultaba increíble a Gia, darse cuenta de lo vulnerable que se mostraba con ella en aquel momento. El mismo tipo que, solo unas semanas antes, había entrado en un cuadrilátero con todas las agallas del mundo, había ganado una pelea contra un enorme luchador búlgaro y, minutos después, la había acorralado en una habitación para obligarla a que le diera su teléfono. El mismo hombre que aquel día la había amenazado con total desfachatez, que le había insinuado que podía utilizar su vídeo para masturbarse si quería... Y en ese instante bajaba la cabeza, inseguro, porque no sabía qué diablos era eso que había entre ellos.

La diferencia estaba en que ella lo conocía, sabía lo que había dentro de Bennett. Era consciente de sus miedos, de su soledad y de su tristeza. Y sabía que a Bennett eso lo aterraba.

—No sé si debería haber venido.

Gia le dedicó una sonrisa dulce.

—¿Quieres un té?

Miles sonrió, no era algo que quisiera beber particularmente a las diez de la noche, pero no quiso declinar la oferta y ella se dirigió a la cocina. No sabía por qué, pero Gia le inspiraba a ser mejor, a no permanecer hundido. Entonces se dio cuenta de que no llevaba puesto el pijama todavía, aunque sabía que estaba a punto de ponérselo, simplemente era ese tipo de chica.

A pesar de que intentaba no pensar en Nicole a menudo, esta vez Bennett no pudo evitarlo: pensó que, si hubiera acudido a su casa cualquier noche sin avisar, ella le habría ofrecido media botella de *whisky*, también algunas drogas y, después, con toda seguridad, ambos habrían salido toda la noche a buscar cualquier bar, cualquier club. Habrían acabado borrachos como perros, quizás incluso se habrían metido en alguna pelea en la calle con algún extraño y, con suerte, habrían terminado la noche sin que la Policía hubiera tenido que intervenir.

Recordar aquella época tan oscura lo estremeció. ¿En qué momento él había normalizado que su vida se convirtiera en eso? ¿Por qué había aceptado ser ese tipo de persona?

Gia le estaba ofreciendo un té, solo eso. Y nunca un ofrecimiento como ese le había resultado tan agradable y reconfortante. Se sentó en el sofá y se dedicó a escuchar los sonidos que provenían de la cocina: el agua corriendo, la tetera hirviendo, el ruido de las tazas rozándose...

Al cabo de unos minutos, ella apareció con dos tazas de té que depositó en la mesita de madera del salón. Estaba relajada, sonriente, y sin una sola gota de maquillaje. Más que atractiva o seductora, Miles la vio preciosa.

—Es raro, ¿no? —comentó ella, dándole un sorbo a su té.

—¿El qué?

—Esto. —Gia habló con franqueza—. Nosotros.

Miles asintió con la cabeza, esbozando una sonrisa más bien irónica.

—Inesperado, diría yo. —Tomó la taza caliente entre sus dedos durante un instante. Después la devolvió a la mesa sin probarlo—. Me sigo preguntando si es una buena idea. —Si ella iba a ser sincera, él también lo sería.

Gia suspiró, luego también dejó su taza sobre la mesa y se giró hacia él, centrándose en sus ojos verdes y claros. Era tan guapo que a veces le costaba concentrarse cuando lo veía. Miles exudaba masculinidad por cada poro de un modo primitivo que la desconcertaba.

La joven sintió que sus manos temblaban ligeramente a causa del nerviosismo que esa situación le provocaba. Estaban solos, una vez más, y tenerlo tan cerca le aceleraba el corazón.

—Quiero que lo sea —susurró Gia.

Bennett permaneció en silencio unos segundos. Sus ojos pasearon por ese hermoso rostro, fijándose particularmente en sus labios. La oyó suspirar y posó su mano en la barbilla de Gia. Con un movimiento la atrajo hacia él y besó sus labios de nuevo, algo en lo que no podía dejar de pensar en ningún momento. Su sabor dulce lo enloquecía, se clavaba en sus pensamientos y lo perseguía cuando no estaba con ella. Jamás había pensado que volvería a sentir algo así, no se creía capaz..., pero estaba sucediendo.

Gia le devolvió el beso sin ninguna reserva. Notarlo cerca, percibir su aroma masculino y fresco le provocaba un deseo que no podía controlar. Miles le resultaba atractivo de un modo crudo y sexual, simplemente se sentía cautivada por él y, aunque no lo admitiera, había sido así desde el principio. Gia se acercó aún más a él y, de un modo natural, la joven se encontró a sí misma sentándose sobre su regazo en el sofá, quedando frente a Miles. Tenía las piernas abiertas, fijas en las caderas de él, y el más simple movimiento de cualquiera de los dos mandaba señales por todo su cuerpo, erizándole la piel. Un calor intenso comenzó a crecer en su vientre, acrecentándose aún más cuando notó la erección de Bennett bajo su cuerpo; él estaba sintiendo lo mismo.

Los labios de Miles exploraron la línea de su mandíbula, bajando por su cuello y rozando su clavícula. Depositó un suave beso en el hombro de la joven, algo que provocó un profundo escalofrío recorriéndola por todo el cuerpo.

Quería sentirlo. *Necesitaba* hacerlo.

—Vamos a mi cuarto —susurró ella y, en cierto modo, sonó como un ruego. Acto seguido, volvió a hablar—: Si lo hacemos en el sofá, Joseph me mata.

Joseph no iba a enterarse, pero, aun así, Gia no podía pensar con claridad. Solamente sabía que quería tener a Bennett cerca, demasiado cerca. Sin mostrar ningún esfuerzo, él se puso en pie, aún sujetándola entre sus brazos y cargando su peso. Siguieron besándose mientras Bennett caminaba con lentitud, chocándose contra cada pared y puerta antes de, por fin, llegar a la habitación de Gia. La depositó sobre la cama y se obligó a sí mismo a separarse unos segundos, los justos para poder quitarse los zapatos y la camiseta, antes de volver a ella. Los besos de Gia le hacían perder el control de un modo que nunca habría podido imaginar. Nunca, ni en todos sus sueños, habría imaginado algo como eso la primera vez que la vio, observándolo aterrorizada en el Rowland's la noche que había acudido a buscar a Richard. Solo tras pensarlo posteriormente se había percatado de hasta qué punto su comportamiento había sido ridículo ante ella. Y, aun así, ahí estaba Gia, arropándolo entre sus brazos, besándolo de forma apasionada.

Miles la ayudó a quitarse la camiseta también, solo en ese momento él se dio cuenta de que ella no llevaba sujetador. Sus pechos eran pequeños y proporcionados, y Gia enrojeció ligeramente cuando él la observó. Le hizo sonreír. Se acercó y tomó uno de sus pechos entre sus labios, el sabor de la piel de Gia era lo más adictivo que había probado jamás.

Los gemidos de la joven hacían su erección crecer cada vez más, convirtiéndose en algo casi doloroso. Pero Bennett sabía que el momento no había llegado aún: necesitaba darle placer primero, antes de satisfacerse él también. Era casi una necesidad en ese momento.

Retiró los pantalones de la joven y la acarició por encima de su ropa interior, la última prenda que la cubría ante él. Sabía que estaba mojada, podía sentirlo, y eso amenazaba con hacerlo perder la cordura. Bennett repartió decenas de besos por el abdomen de Gia, ciego por la pasión. Ella se ofreció resueltamente y, cuando él retiró sus braguitas con cuidado, un suspiro de excitación abandonó los labios de la joven. Lo miró a los ojos, sabiendo lo que estaba por venir, consciente de que en unos instantes recibiría un placer increíble por parte del hombre más imponente que jamás hubiera visto. Eso la excitó aún más y, tan pronto como la lengua de Bennett la recorrió por primera vez, Gia ahogó un grito. Sentía su feminidad hinchada, tan sensible que creía que podría alcanzar el clímax en solo unos segundos más. Y quería hacerlo con él, necesitaba complacerlo también.

—Ven —le pidió con suavidad, estremeciéndose cada vez que él la lamía con lentitud.

La sensualidad de Bennett, el modo en el que la tocaba, era increíble. ¿Quién podría decir que un hombre tan rudo sería tan delicado? En cuanto él se separó de ella para retirarse las últimas prendas que lo cubrían, Gia se estiró para conseguir abrir el cajón de la mesita de noche y tomar un preservativo. Se lo pasó a Bennett. Él compuso una de sus sonrisas leoninas que la dejaban sin aliento y, solo entonces, Gia se percató del tamaño de su erección. Dejó escapar un pequeño juramento tan pronto como se dio cuenta de que, efectivamente, el tamaño del miembro de Bennett iba acorde con el resto de su cuerpo. Se encontró preguntándose cómo iba algo así a entrar dentro de ella.

Miles se tendió sobre su cuerpo, rozando por fin cada parte de él con la piel suave y húmeda de ella. Las formas sensuales de Gia lo provocaban una y otra vez y, tan pronto como fue capaz de colocarse el preservativo, Miles acarició su feminidad una vez más. Estaba empapada, eso haría las cosas mucho más fáciles.

Ella se incorporó y posó sus labios contra los de él. Un pequeño sollozo de placer escapó de su boca cuando los dedos de Bennett quedaron reemplazados por su miembro y este se colocó a su entrada. Gia abrió las piernas tanto como pudo y él comenzó a enterrarse en ella con suavidad. Resultó ligeramente doloroso al principio, aunque Gia no habría cambiado esa presión firme por nada del mundo en ese momento. Tan pronto como lo sintió dentro, profundo, movió sus caderas contra él y Bennett gruñó. Fue un gruñido provocativo, placentero. Gia tenía claro que nunca antes había visto a un hombre así, tan excitante, tan poderoso.

Se movió dentro de ella, primero con suavidad, después con firmeza. Bennett la sentía prieta, pero sabía que estaba disfrutando tanto como él. Estaba cerca, muy cerca. La sintió contraerse y la imagen fue impresionante: Gia, gloriosa en su desnudez, lo atrajo más aún contra su cuerpo y besó sus labios al tiempo que temblaba, acogiéndolo. Eso fue suficiente para que él mismo apretara los dientes y se dejara ir en su interior. Su pulso estaba agitado y sintió que, por un instante, podía tocar el cielo. Esos labios suaves y carnosos lo besaban con suavidad, de un modo tierno que nunca había creído posible.

Se retiró de ella tras unos segundos, aún impresionado por la potencia de ese orgasmo. Gia respiraba hondo cuando lo miró y esbozó una suave sonrisa, una sonrisa pícara y sensual que él solo pudo interpretar de un modo: en efecto, Gia había disfrutado tanto como él. Eso, sin duda, era un modo de henchir su ego masculino. Si bien hacía tiempo que no se acostaba con nadie, recordó al instante cómo era sentirse así: cómodo, orgulloso, apreciado.

—Vengo ahora —se disculpó él, poniéndose en pie para dirigirse al baño.

Ella asintió con la cabeza, aunque parecía bastante cansada. Solo unos segundos después, Gia cerró los ojos y se acomodó sobre las sábanas; probablemente a punto de quedarse dormida.

Miles se quedó parado, mirándola. Seguía desnuda, pero ya no se sentía excitado —o al menos no durante unos minutos más—. Bennett solamente podía pensar en lo increíble que era Gia, en cómo ella tenía la combinación perfecta: era empática, lo comprendía, pero, aun así, no dudaba en ser honesta a la hora de decirle con claridad que no aprobaba su estilo de vida, que no le parecía ético.

A pesar de que no quisiera asumirlo, iba a tener que tomar una decisión pronto. Gia no era el tipo de mujer que se quedaría allí, viendo cómo jodía su vida una y otra vez. Ella permanecería a su lado durante un tiempo, porque era leal, pero no soportaría las peleas, el dolor y la soledad.

Miles la observó unos segundos más, se fijó en ese rostro que tan hermoso le parecía y ese cuerpo que acababa de robarle el aliento. Una voz en su cabeza le decía que, aunque le costara la vida, no podía permitirse arruinar eso.

Bennett se había ido cuando Gia se despertó a las seis de la mañana. No estaba en su cama y tampoco en el sofá del salón. ¿A qué hora se habría ido? Tal vez, si ella no se hubiera quedado dormida, habrían podido hablar... Aunque quizás era mejor que no lo hubieran hecho.

La noche anterior había sido increíble. Gia se estremecía cada vez que recordaba lo que había sucedido, cómo se habían amado... Le dolía todo el cuerpo, pero, demonios, había merecido la pena. Cada segundo lo había hecho.

Se dio una ducha rápida y agarró la maleta. Hubiera querido tomar un taxi para ir a la estación de King's Cross, pero estaba gastando demasiado dinero en taxis últimamente. Para su desgracia, le tocaría ir hasta allí en metro.

La parte buena de pasar esa semana en Leeds sería que por fin podría ver a su familia, y también tendría la oportunidad de despejarse de todo lo que había sucedido en Londres en las últimas semanas. Vivir la vida al límite, tal y como parecía estar haciéndolo últimamente, le estaba pasando cierta factura. Era hora de descansar, alejarse durante unos días de las peleas, la universidad, el Rowland's... Era hora de centrarse en ella.

Si bien todo lo que había sucedido con Bennett era como un sueño, por mucho que sus sentimientos por él crecieran día a día de un modo incontrolable no podía olvidarse de lo que él hacía para ganarse la vida. Bennett se ponía en peligro constantemente, en muchos sentidos, y eso iba a ser demasiado para ella a largo plazo. Quería ayudarlo, lo había deseado desde esa primera vez en la que, en la puerta del Rowland's, le había ofrecido realizarle la entrevista. Quizás esa había sido la primera vez que Gia había visto en él algo más que un hombre violento y sin valores, por fin había sido capaz de discernir en él a una persona atormentada.

Pero, aunque ella anhelara brindarle su ayuda, Bennett era el único que podía tomar la decisión de salir de aquello. Era él quien tenía que salvarse a sí mismo.

Gia apagó todas las luces y se puso su chaqueta acolchada y blanca. Hacía frío en la calle y le esperaban varias horas hasta llegar a la casa de sus padres. Cerró la puerta y cuando iba a echar la llave reparó en algo, un detalle: pegado a la puerta, Gia encontró un pequeño papel blanco con un mensaje escrito. Lo tomó entre sus dedos y al leerlo asomó una sonrisa: *Nos vemos cuando regreses. Me has convencido, prometo enseñarte a pelear.*

Con cuidado, Gia dobló el papel y después lo introdujo en su bolsillo.

Aunque la lógica siguiera avisándola constantemente de cuán peligroso era todo lo que estaba sucediendo, su corazón le decía que estar con Bennett era la opción correcta. Y a Gia siempre le había costado trabajo no seguir a su corazón.

Capítulo 14

El sábado siguiente, Gia regresó a Londres y tuvo que volver al Rowland's esa misma noche. Era el último día del año, por lo que se esperaba una noche muy ajetreada. A Gia le habría gustado pasar ese día junto a su familia también, pero el deber la llamaba.

Saludó a Akram y a Ian, que charlaban de forma despreocupada en la entrada, abrigados hasta las cejas por el frío que hacía fuera. Cuando cruzó la puerta del bar, ya estaba lleno de gente por completo. El ambiente era festivo y se percató de que Isaac y los chicos habían decorado las puertas y las estanterías con brillantes adornos navideños. Era curioso, pues tan solo llevaba unos meses trabajando en ese lugar, pero Gia sintió al instante que, en cierto modo, acababa de llegar a casa.

Solo Luke estaba tras la barra ese día, aunque Isaac lo ayudaba a llevar copas por las mesas mientras bromeaba con los clientes. Gia sabía que Isaac odiaba trabajar tras la barra. A veces se preguntaba por qué alguien así tendría un bar, pero él mismo le había confesado en una ocasión que lo que realmente le había gustado, cuando se decidió a comprar este local siendo tan joven, era poder *ir a un bar* con sus amigos. Había tardado muy poco en darse cuenta de que regentarlo no era lo mismo.

—Estás muy guapa, Gianna.

Gia se sorprendió cuando Luke pronunció esas palabras y no pudo evitar sonreír de forma amplia. Luke, que normalmente no parecía interesarse por nada en particular, acababa de apreciar que ella se hubiera recogido el cabello ese día. La joven se había puesto un vestido corto y granate, no demasiado formal pero sí festivo, con una gargantilla plateada en el cuello. Había pasado frío en las piernas hasta llegar allí y sabía que trabajar con tacones sería complicado, pero la ocasión lo merecía.

—Tú también, Luke —le contestó a su compañero, lanzándole un guiño.

Ese día, Luke se había vestido con camisa blanca y corbata y, aunque parecía demasiado formal, la realidad era que encajaba con su personalidad. Habría jurado que Luke se ruborizaba, pero no podía asegurarlo, pues enseguida apartó la mirada y siguió sirviendo cervezas.

Tan pronto como Gia comenzó a trabajar, Isaac pudo regresar a su oficina en el piso de arriba, aliviado por recibir un relevo. Olivia llegó una hora más tarde que Gia y, cuando esta sonrió, saludando a su amiga, se lanzó a abrazarla por encima de la barra, tomándola entre sus brazos. Se había puesto un vestido dorado y ajustado que le quedaba como un guante y había llenado su cabello rosa de purpurina.

—¡Estás de vuelta! —exclamó. Después se acercó a su oído—. Cuatro días trabajando sola con Luke, ¡qué agonía! Luego te cuento todo lo que he tenido que aguantar.

Luke, aunque seguía siendo algo distante con Gia, era mucho más amable con ella de lo que lo había sido al principio, aunque seguía llamándola Gianna, sin ningún tipo de intención de referirse a ella por su diminutivo, y aún repasaba con ella de forma dolorosamente metódica todas y cada una de las tareas que debían realizarse en la barra como si fuera su primer día. Pero si Luke había cambiado su actitud hacia ella quizás era porque, al fin, formaban un equipo y él lo sentía como tal.

Durante varias horas trabajaron juntos en una de las noches más ajetreadas que Gia había visto alguna vez en el Rowland's. Se lo pasaron bien, pusieron la música a todo volumen y regalaron copas de champán a los clientes habituales, aquellos que visitaban el bar a diario. Gia pensó que, quizás, Bennett y Samuel se pasarían por allí en algún momento..., pero no lo hicieron. Miles y ella habían intercambiado varios mensajes durante esos días en los que ella había permanecido fuera de Londres. Aún le resultaba extraño mirar a la pantalla de su teléfono y ver un mensaje suyo, pero, a la vez, le sacaba una enorme sonrisa hacerlo.

Alrededor de las once y media de la noche Isaac se asomó al bar y pidió a sus camareros que dejaran de servir en diez minutos. Era, por fin, la hora de que pudieran hincar el diente a las *pizzas* que Isaac había pedido hacía un rato y se relajaran un poco antes de darle la bienvenida al Año Nuevo. Algunos de los clientes comenzaron a marcharse del bar, hecho que confundió ligeramente a Gia.

—Pensé que hoy abriríamos hasta tarde —murmuró, confundida.

Olivia enarcó una ceja a su lado, al tiempo que

se terminaba un pedazo de *pizza* que acababa de morder. Ian, Luke, Isaac y Akram se encontraban a varios metros de ellas, metidos en una conversación que parecía de lo más interesante, pues Akram golpeaba la mesa al hablar cada pocos segundos, como si eso le ofreciera cierta validez a lo que fuera que estuviese diciendo.

—No merece la pena que abramos si no hay clientes, todos quieren ir a la pelea del Blue Zero.

Gia sintió su corazón acelerarse y frunció el ceño ante las palabras de Olivia.

—¿Pelea? —preguntó, confundida.

—Creía que eras una experta en ese tema, ¿no? —le respondió Olivia de forma sarcástica. Después se quedó en silencio un segundo—. ¿De verdad no sabías nada?

Escuchar esas palabras fue como recibir un mazazo por parte de su amiga. Gia entrecerró los ojos y miró a Olivia, visiblemente confundida.

—No, no tenía ni idea...

Su amiga chasqueó la lengua y observó al resto, esperando que no fueran a darse cuenta de lo que ellas murmuraban. Isaac se encontraba enfrascado en un intenso coloquio en el que Akram e Ian estaban más que interesados, así que no parecían correr riesgo de ser escuchadas.

—Samuel estuvo aquí ayer. Me invitó a ir porque esta vez es él quien tendrá un combate contra Ivanov.

Gia carraspeó nerviosa.

—¿De verdad? ¿Y Bennett también pelea?

Olivia puso los brazos en jarras.

—Cariño, Bennett es la mente pensante. Claro que pelea, él es quien lo organiza todo.

No entendía que Miles no le hubiera dicho nada. No era como si, de pronto, ella tuviera algún tipo de derecho sobre él, pero esperaba por su parte que la avisara de algo como eso. Quizás Miles sabía que ella se preocuparía demasiado por él, o simplemente que no quisiera tenerla allí durante una pelea.

—¿Vas a ir? —preguntó Gia.

Si tenía que ser sincera, lo había dicho con una nota de esperanza en la voz. A esas alturas, solo segundos después de enterarse, Gia ya había decidido que esa noche volvería al Blue Zero. Con o sin Olivia a su lado, acudiría a esa pelea.

—Por supuesto que no —gruñó Olivia al contestar—, ni por todo el dinero del mundo. Si Samuel quiere que le partan la cara delante de un montón de testigos, te aseguro que no me necesita a mí para presenciarlo también.

Cada vez que Olivia hablaba de ese tema se agitaba visiblemente. Gia posó su mano sobre el hombro de su amiga y la miró a los ojos.

—Cariño..., tú sabes que Samuel se muere por ti, ¿no? Por eso quiere que vayas.

Su amiga apartó sus ojos oscuros, esquivando la mirada de Gia.

—¿Y a mí qué? —contestó Olivia, tratando de sonar tan indolente como pudo—. ¿Qué tiene eso que ver conmigo?

—Pues que sabe que lo que hace está mal. Y estoy segura de que lo dejaría si tú se lo pidieses.

Olivia frunció el ceño.

—Yo no tengo que pedirle nada a Samuel, es un hombre adulto, puede tomar sus propias decisiones.

En eso Olivia tenía toda la razón. Y, aunque era evidente que a ella también le gustaba el pelirrojo, era también una muestra de amor propio que la joven se pusiera a sí misma por delante de sus sentimientos en una situación como esa. Gia guardó silencio, preguntándose hasta qué punto ella también debería haber tomado la misma decisión que su amiga: quizás tendría que haber detenido lo suyo con Bennett antes de que empezara. Sabía que él no quería pelear por el resto de su vida, que para él eso era algo temporal, un medio para conseguir llegar a un fin. Pero ese estúpido objetivo de «llegar al millón» le resultaba ridículo.

—¿Qué pasa? —Olivia la observó con curiosidad—. ¿Qué he dicho?

—¿Eh?

—Te has quedado pensativa, Gia. ¿Es por algo que he dicho?

Gia tuvo que tomar aire antes de poder volver a hablar. No sabía cómo decir las siguientes palabras ni cómo se lo tomaría su amiga, pero supo que tenía que soltarlo o explotaría.

—Creo que siento algo por Bennett —confesó de pronto. Incapaz de quedarse callada, añadió—: Y nos hemos enrollado. Un par de veces.

Lejos de sorprenderse, Olivia puso los ojos en blanco. Gia no supo cómo tomarse eso.

—Por supuesto que sí —refunfuñó, alzando las palmas de las manos—. ¡Lo que te faltaba, Gia!

—Te juro que no es lo que quería..., pero sucedió. Te garantizo que no es como tú piensas. —Gia tomó las manos de su amiga entre las suyas—. ¿Recuerdas todas las cosas que me dijiste sobre él? De cuando era bueno...

—Bennett no ha sido «bueno» nunca —replicó Olivia con una carcajada—. Antes era normal y ahora es un capullo.

Imaginaba que, si su amiga lo veía con cierto humor, era porque aún había forma de que Olivia entendiera su situación. No había más.

—Ya sabes lo que quiero decir. No ha cambiado tanto, solamente se ha quedado atrapado en un bucle del que no puede salir. Un bucle que ha creado él mismo.

—Y al que ha arrastrado a Samuel —participó Olivia.

Aunque no entendiera muy bien cómo había sucedido, tenía que reconocer que eso era cierto. Gia asintió con la cabeza.

—Sí, lo ha hecho —admitió—. ¿Por eso lo odias tanto?

—No odio a Bennett, Gia. No los odio, a ninguno de los dos. —Olivia, por primera vez, pareció respirar hondo y mirar a su amiga a los ojos mientras abordaban ese tema—. Pero no puedo querer a Samuel sabiendo que esta noche, o la noche siguiente, o cualquier otra noche, va a estar peleándose con otro tío en un *ring* cerrado, sin normas, sin protecciones, sin nada. Porque si algo malo le sucediera, me rompería el corazón... Y no podría vivir sabiendo que he permitido algo así.

La piel de Gia se erizó al escuchar a su amiga. Comprendió lo que Olivia quería decirle tan bien que le dolió a ella misma por dentro. En ese momento, Gia entendió que, si dejaba que sus sentimientos por Bennett siguieran creciendo, solo se haría daño a sí misma. Cuando Gia abrió la boca para responder, se percató de que había un silencio sospechoso en el bar. Cuando miró a su alrededor, se dio cuenta de que la mayoría de los pocos clientes que quedaban allí se habían marchado y los que aún permanecían se arremolinaban en la puerta, atentos a las ventanas, a través de las cuales pronto comenzarían a ver brillantes fuegos artificiales. Eran ya las once y cincuenta y ocho.

A su lado, también Isaac y los demás estaban en

silencio. Con toda seguridad, acababan de escuchar las palabras de Olivia. Esta enrojeció al instante y se alejó de Gia con rapidez, tratando de cambiar de tema.

—¡Chicos, es casi la hora! —exclamó, señalando varias copas mientras se disponía a sacar una botella de champán de la nevera—. ¡Vamos a brindar!

Gia repartió las copas que su amiga estaba rellenando y le tendió una a cada uno de los empleados del Rowland's. Frente a ella, Isaac las miraba de un modo diferente, de un modo mucho más paternal al que estaba acostumbrada. Durante los siguientes dos minutos, los seis brindaron con el champán y, a las doce en punto, los fuegos artificiales comenzaron a tronar en el exterior. Los pocos clientes que quedaban en el bar aplaudieron y cantaron, creando una intensa algarabía repleta de voces profundas y de olor a alcohol. Gia y Olivia se abrazaron y se desearon un feliz Año Nuevo, después, estrecharon con fuerza al resto, incluido a Luke, que correspondió tímidamente a los gestos cariñosos de los demás.

Cuando todos terminaron sus copas de champán, Gia se percató de que había dejado su teléfono móvil sobre una de las estanterías donde reposaban las botellas de *whisky*. Lo tomó entre sus dedos y pudo leer un mensaje de Bennett: *Feliz Año Nuevo, Gia. Espero que tengas una noche increíble, te la mereces.*

Le sacó una sonrisa leerlo, no podía negarlo. Olivia, que la observaba desde el otro lado de la barra, le dedicó una mirada resignada.

—Vas a ir esta noche, ¿no? —preguntó.

Gia asintió con un gesto casi imperceptible, ante el que la joven de cabello rosa bufó sonoramente.

—Voy contigo, pero te odio. Que conste.

Su amiga era una santa, estaba claro. Gia dio un par de saltos de emoción y después miró a su alrededor. Todos los clientes se habían marchado ya y, a pesar de que había un sinfín de vasos por lavar y botellas que tirar, calculó que no tardarían mucho en limpiar todo entre los tres.

Al otro lado de la barra, Isaac las observó con curiosidad.

—¿A dónde vais?

Lo sabía a la perfección, así que preguntar era una mera formalidad. Fue Olivia quien contestó:

—Al Blue Zero.

No hacía falta especificar, pues era evidente por qué irían allí. Para sorpresa de ambas, él asintió con la cabeza y se remangó su camisa azul, dejando entrever algunos de los numerosos tatuajes de sus brazos. Se apoyó en la barra con aire distraído.

—Voy con vosotras. Es noche de pelea, ¿no?

Eso sí que sorprendía a Gia. ¿Isaac iría con ellas? A su espalda, Akram había escuchado la conversación.

—Yo también quiero ir.

—¿A dónde? —se interesó Ian, que se encontraba cerrando las puertas con llave en ese momento.

—A la pelea.

—¿Hay pelea?

Akram rodó los ojos ante lo evidente.

—Claro que hay pelea, ¿por qué te crees que no tenemos clientes?

—Yo también voy, entonces.

Incluso Luke, que no tenía el más mínimo interés en permanecer fuera de su casa más tiempo del necesario —según sus propias palabras—, convino en que podía tomarse una copa junto a ellos en el Blue Zero antes de irse. Sorprendida por el repentino apoyo —que, sabía, no era solamente dirigido a ella, sino también a Samuel y a Miles—, se sintió arropada por todos ellos.

A las doce y media cerraron el bar y se pusieron de camino al Blue Zero, que apenas estaba a unos diez minutos caminando de allí. Aún estaban a pocos metros del Rowland's cuando Isaac tomó a Gia del brazo con suavidad, obligándola a caminar más despacio. Los demás siguieron andando a varios metros de ellos dos, que se quedaron rezagados.

Isaac la miró con franqueza. Sus ojos eran de un tono azul oscuro que siempre le otorgaba un cierto aire de sabiduría, como si la mirada de ese hombre fuera la de un anciano, aunque Isaac no era muy mayor y seguía conservando su eterno aire rocanrolero.

—No sé cómo decirte esto, Gia, porque considero que eres una chica muy inteligente —comenzó—, y eres mayor de edad, por lo que puedes hacer lo que tú quieras.

Se quedó callado, sin saber cómo seguir. Estaba claro que no quería meterse en su intimidad, pero al mantener esa conversación con ella, en cierto modo, ya lo estaba haciendo.

—¿Sí? —lo instó ella.

Isaac suspiró.

—Sabes que Miles está metido en un lío ahora mismo. Es joven, está lleno de furia y de energía. Y, aunque tiene a mucha gente a su alrededor, no quiere dejarse ayudar.

Ante esas palabras, Gia dejó escapar una pequeña risa.

—¿A dónde quieres llegar, Isaac?

El hombre chasqueó la lengua.

—Miles es como un hijo para mí, lo sabes, ¿no?

—Cuando Isaac la observó, Gia asintió con la cabeza y después él siguió hablando—: Su tía y yo..., bueno, su tía y yo lo hicimos lo mejor que pudimos. Yo siempre pensé que podría retirarme del Rowland's siendo joven, que Miles podría cuidar del bar, tener un ingreso extra para invertirlo en su carrera como boxeador... Pero, de pronto, cambió. Y se convirtió en un desconocido, en alguien que tiene miedo a confiar en los demás. —Su tono de voz era grave, quién sabía cuántas veces había pensado ya en eso que le estaba diciendo—. Es un buen chico, pero tiene un propósito erróneo, un propósito que le hace daño.

Gia lo sabía muy bien, era consciente de la situación por la que estaba pasando Miles y quería ayudarlo, pero a la vez tenía miedo de caer de forma demasiado profunda en ese mar oscuro y desconocido.

—Lo sé.

Isaac se detuvo un instante. Unas últimas palabras abandonaron sus labios.

—Tan solo quería decirte que ya sé que Miles parece una mala idea. Por una parte, creo que puede ser una influencia terrible para ti..., pero, a la vez, también creo que tú serías una influencia fantástica para él. —Isaac guardó silencio un momento, mirándola a los ojos, después siguió hablando—: Pero no siempre fue así y no tiene por qué seguir siéndolo. Creo que es hora de que recuperemos al Miles que conocemos, porque ya lleva desaparecido demasiado tiempo.

Escucharlo la conmovió. Gia pensó en el modo que tenía Bennett de hablarle de Isaac, siempre con respeto y cariño, aunque desde una distancia que se había formado entre ellos en los últimos dos años.

La joven se apartó el flequillo del rostro con un movimiento y después sonrió ampliamente, emocionada por las palabras de su jefe.

—Creo que a él le gustará saber que no está todo perdido.

Capítulo 15

El Blue Zero estaba tan lleno que no cabía ni un alma más. Mike se encontraba en el piso de arriba, informando a todos los presentes que intentaban colarse por las escaleras de que esa noche no se admitiría en la pelea a nadie que no apostara un mínimo de doscientas cincuenta libras. La mayoría de la gente gruñía y terminaba pagando el dinero, y eso hacía que el hombrecillo sonriera de forma malévola, satisfecho por el éxito de su plan.

Cuando ellos llegaron, la situación fue la misma: Mike no los admitiría si no pagaban por entrar. Estaba claro que él se llevaba una jugosa comisión con todo ese negocio.

—No pienso apostar un penique, Mike, lo sabes muy bien. —Isaac dejó muy clara su postura desde el principio.

Mike, con un gruñido, los observó con el ceño fruncido. Conocía perfectamente a Isaac, todos en el barrio lo hacían, y jamás habría esperado verlo allí esa noche. Recordaba a Olivia y a Gia de la última vez. Y, aunque no sabía bien qué había sucedido, sí era consciente de que habían tenido alguna clase de altercado con Bennett, por lo que decidió que ellas no podían entrar a ver la pelea de ningún modo.

—Los chicos y tú, Isaac —ofreció—, nadie más. Solo por ser tú y porque Bennett es tu chico; pero ellas no pasan, no quiero más problemas.

Gia gruñó por lo bajo y estuvo a punto de comenzar a discutir, pero Olivia la frenó a tiempo y se mostró de acuerdo con la decisión.

—Está bien, nosotras nos quedamos aquí.

—¿Qué...? —protestó Gia, pero una mirada severa de su amiga la hizo resignarse y inclinar la cabeza.

Al instante, Isaac y Luke bajaron las escaleras de hierro, seguidos de cerca por Ian y Akram. Ellas dos permanecieron arriba, rodeadas por un sinfín de gente. La música estaba tan alta que apenas podía mantenerse una conversación y no había ni rastro de Bennett o de Samuel. Todo a su alrededor estaba oscuro y las luces de discoteca parpadeaban rápidamente, al ritmo de una música industrial ensordecedora.

—¿Habrán empezado ya? —preguntó Gia—. Necesitamos hacer algo.

Y era verdad, lo necesitaban, pero ¿qué? Olivia lanzó una mirada a su alrededor, esperando, al menos, ver a Chiara. La hermana de Samuel tampoco parecía estar por ningún lugar. Solo entonces, por casualidad, la vista de Olivia se centró en una de las camareras, Kim. Sin dudarlo, Olivia se dirigió a ella y Gia la siguió.

—Ella puede ayudarnos.

—Creía que no os llevabais bien —dijo Gia a su espalda.

—No nos llevamos bien precisamente por esto: a ella le encantan las peleas. —Olivia alzó una mano por encima de la multitud y Kim pareció verla. Con una mirada de confusión en su hermoso rostro, la joven se acercó a ellas—. ¡Kim!

—¿Olivia? ¿Qué haces aquí? —preguntó, después enarcó una ceja—. ¿Al final te has hecho habitual de nuestras fiestas?

Gia, que conocía muy bien a su amiga, pudo ver cómo esta rechinaba los dientes. Antes de que Olivia respondiera, Kim posó sus ojos en Gia con cierta sorpresa. La camarera del Blue Zero era muy guapa, con los ojos azules y rasgados y una melena rubia y corta que caía a la altura de sus hombros. Parecía tener más o menos su edad, aunque era bastante más alta que Gia. Esta recordaba cómo la había mirado de forma desagradable la última vez que había estado allí. En ese momento, parecía ser diferente.

—Tú eres la chica —observó Kim—, la otra camarera de Isaac.

—¿Sí? —preguntó ella, sin saber muy bien de dónde podría conocerla Kim.

—Bennett me ha hablado de ti.

Lo dijo con una sonrisa agradable y, por un momento, Gia le devolvió el gesto. Acto seguido, recordó, como Olivia acababa de decirle, que Kim adoraba las peleas, y compuso un gesto serio de nuevo.

—¿Puedes ayudarnos a bajar? —le preguntó.

Kim se llevó un dedo a sus labios gruesos y pintados de granate.

—Mike no os deja pasar, ¿verdad?

Las había pillado. Antes de que ninguna de las dos pudiera decir nada, Kim suspiró y se hizo camino entre la multitud, se giró hacia las dos chicas y les hizo un gesto para que la siguieran. Durante los siguientes tres minutos, Olivia y Gia cruzaron el bar por completo, esquivando codazos y empujones. Kim las condujo hasta los baños y, una vez allí, abrió una puerta en la que se leía un cartel que ponía *Privado*. Las tres jóvenes bajaron por unas escaleras exteriores de hierro y volvieron a entrar al edificio por una nueva puerta de madera, llegando a un pasillo estrecho. Tras la última puerta se escuchaba un intenso barullo y Gia recordó que ya había estado allí, que ese era el lugar al que Bennett la había llevado después de descubrirla grabando.

—Tengo que irme —anunció Kim—, deseadles buena suerte de mi parte.

La joven desapareció por la puerta de madera y ellas se quedaron solas un momento. Los gritos ahogados al otro lado de la pared resultaban, en cierto modo, escalofriantes. Fue Gia quien agarró el pomo de la puerta y la abrió con decisión. La luz fue cegadora por un instante y, cuando entraron en la sala, completamente llena de personas que jaleaban y gritaban alrededor de un cuadrilátero, se percataron de que la pelea ya había comenzado.

Samuel e Ivanov, en el centro del improvisado *ring* y vestidos solo con pantalones de entrenamiento y unas zapatillas deportivas, se golpeaban con fuerza, sus cuerpos se juntaban y se separaban como si fueran dos imanes, y ambos hombres estaban sudorosos y cansados. El cabello rojo de Samuel brillaba cada vez que este conseguía aprisionar a Ivanov y colocar su cuerpo sobre el del búlgaro, tratando de dominarlo.

Olivia se llevó una mano a los labios por instinto y ambas avanzaron para intentar obtener una mejor visión de lo que estaba sucediendo en el cuadrilátero. En la parte trasera de la sala, Gia distinguió las figuras de Isaac y los demás, sin embargo, no había ni rastro de Bennett por ninguna parte. Estaba agitada y tan solo sabía que necesitaba verlo.

El público ahogó un gemido cuando Ivanov le

asestó un puñetazo en la cara a Samuel. Al parecer, el golpe lo pilló desprevenido y Samuel estuvo a punto de caer. Consiguió mantener el equilibrio un poco más, pero Ivanov, rápido como un zorro, lo golpeó de nuevo en el estómago. En cualquier otro deporte, habría sido considerada una jugada sucia, algo ilegal, pero no allí; no había normas que regularan lo que podía o no hacerse.

Olivia dejó escapar un pequeño grito cuando Samuel cayó al suelo con un ruido sordo. Estaba exhausto, era evidente, y su cuerpo ya no parecía dar más de sí esa noche. La joven se adelantó tanto como pudo, hasta llegar al cuadrilátero. Gia la siguió, permaneciendo solo unos pasos tras ella. Samuel no podía levantarse. Todos a su alrededor comenzaron a gritar y a aullar. Algunos animaban al joven a ponerse en pie y seguir combatiendo, pero probablemente lo hacían porque habían apostado algo en esa pelea y no querían perder su dinero.

Una cuenta hasta diez comenzó a ser el nuevo cántico de ese público sediento de sangre y, a pesar de que Samuel trató, de algún modo, de ponerse en pie de nuevo, su rostro enrojecido y recubierto de sangre se lo impidió. Al llegar al número diez, Ivanov alzó los brazos y bramó como una bestia. Tras ese gruñido, Chiara, la hermana pequeña de Samuel, saltó dentro del cuadrilátero y se agachó junto a su hermano. Tardó varios segundos en conseguir que Samuel reaccionara y, cuando por fin lo hizo, lo ayudó a ponerse en pie con dificultad y a abandonar el *ring*. Olivia fue la primera en correr hacia ellos y Gia también lo hizo, observando cómo el rostro de Samuel estaba desfigurado por la sangre y los golpes. Su corazón se encogió al instante cuando contempló esa imagen. ¿Qué demonios estaban haciendo? ¿Por qué seguían participando en ese ridículo circo?

Samuel logró componer una sonrisa cuando sus ojos enfocaron a Olivia.

—Has venido —dijo, como si le pareciera un milagro. Después cerró los ojos, decepcionado—. Pero he perdido. Joder, me he distraído...

—Shh... —susurró Olivia en su oído—. Vámonos de aquí, necesitas sentarte.

Samuel era capaz de caminar apoyado en Olivia y él mismo le indicó a dónde ir, atravesando la misma puerta por la que ellas dos habían logrado entrar a la sala. Chiara compartió una mirada de confianza con Olivia y pareció dejarla a cargo de su hermano. Después desapareció de allí, quizás porque era el momento de que anunciara a los próximos luchadores. Gia caminaba junto a Olivia y Samuel con un gesto preocupado, pero su mirada no dejaba de viajar por todas partes, intentando encontrar a Bennett entre esa multitud. Tenía la esperanza, aunque muy pequeña, de que él no fuera a luchar ese día, de que se encontrara en su casa, quizás, o celebrando el Año Nuevo en otro lugar, con otra gente.

—Quédate aquí, no te preocupes —le dijo Olivia, que observó su agitación—. Yo me ocupo de Samuel.

Algo dubitativa, Gia asintió con la cabeza finalmente y vio a su amiga desaparecer por la puerta, abrazando al joven pelirrojo y sirviéndole de apoyo para andar. Solo entonces, por fin, vio aparecer a Bennett. La multitud se abrió paso para que él pudiera caminar, como si se tratara de una estrella del *rock*. Gia entendía, en cierto modo, por qué no dejaba esas malditas peleas, por qué volvía una y otra vez. Quizás porque la sensación de adrenalina al saber que todas esas personas estaban allí por él era muy complicada de replicar con cualquier trabajo honrado.

Estaba impresionante, parecía aún más alto que de costumbre, con el cabello castaño y retirado de la cara y sus ojos verdes, oscuros y misteriosos. Bennett pasó cerca de ella, a solo unos centímetros, y no la vio. Gia se estremeció al sentir que, de alguna manera, esa persona que estaba allí, ese luchador a punto de entrar en un horrible combate, no era *su Bennett*.

Su corazón latía con una fuerza ensordecedora mientras la voz de Chiara se alzaba entre la multitud para presentar a los dos contrincantes. Los gritos a su alrededor, sumados al olor del sudor, la sangre y el alcohol, marearon a Gia. Tuvo que tomar aire e intentar tranquilizarse, pensando que, ojalá, todo saliera bien ese día. Deseando que esa fuera la última vez que viera a Miles Bennett en una pelea como aquella.

Lo ayudó a sentarse en el banco de madera pegado a la pared y él gimió al sentir que, por fin, sus piernas ya no tenían que sujetar todo su peso. A Samuel le dolía la espalda y algo le decía que no podría dormir esa noche cuando regresara a casa. Hacía tres meses que no perdía una pelea y justamente tenía que haber sucedido ese día, con Olivia presente. Frente a él, Olivia pareció buscar algo con la mirada. Tardó solo unos instantes en acercarse a un pequeño lavamanos y encontró varios paquetes individuales de vendas a un lado, junto a otros productos de primeros auxilios. Tomó uno de los paquetitos de plástico y empapó las compresas, después se acercó a él y se lo tendió.

—¿Estás bien? —preguntó, preocupada.

Samuel trató de componer una sonrisa y rezó por no haber perdido ningún diente, ya que eso sí que resultaría una catástrofe en ese momento. Tomó la compresa empapada y acarició su rostro inflamado con ella. Olivia chasqueó la lengua, a su lado, y se la quitó de inmediato. Después, ella misma comenzó a acariciar la piel de su rostro con la venda, retirando la sangre de su piel y haciendo su visión cada vez más clara. Samuel imaginaba que tendría un corte bastante importante en la ceja, pues había sangrado mucho. Esa era la desgracia de las heridas en la cabeza: sangraban *demasiado*.

—Estoy bien —confirmó él, después ahogó un pequeño quejido cuando ella rozó una zona de su rostro especialmente sensible—. Bueno, hoy no, pero mañana lo estaré, seguro.

Pasaron varios minutos en silencio hasta que Olivia, por fin, pareció satisfecha con el resultado y dejó la compresa sobre el banco de madera al lado de Samuel. Después lo observó con seriedad. Era la primera vez que estaban solos en una habitación, nunca antes había sucedido. Olivia estaba segura de ello porque lo recordaría si hubiera pasado. Hacía demasiados años que observaba a Samuel desde la distancia, asumiendo que no podría acercarse a él nunca, por mucho que quisiera.

Se había convertido en algo mucho más doloroso de sobrellevar cuando él había comenzado a interesarse en ella. Ignorarlo, fingir que no le importaba, era una tarea que a veces parecía agónica. Intentaba no pensarlo, fijarse en otras personas y olvidarse de él de una vez por todas... Pero Samuel siempre volvía. Aparecía en el Rowland's con una brillante sonrisa, le hablaba y la observaba con esos ojos risueños, como si pudiera ver en su interior, como si supiera lo que ella sentía en realidad.

—¿Por qué te haces esto? —susurró Olivia.

Samuel, con la cabeza apoyada en la fría pared de color crudo y desteñido, abrió sus intensos ojos azules. Se encogió de hombros, como si no fuera capaz de dar una respuesta más elaborada.

—¿Por qué no?

Olivia bufó. Dio una vuelta por esa pequeña sala, percatándose de que había varias cajas de cartón repletas de botellas sobre algunas estanterías. Era como si ese lugar sirviera de vestuario, almacén y sala de emergencias a la vez. Ojalá tuviera hielo para ayudarlo con la inflamación.

—¿Nunca te preguntas cómo sería todo si te dedicaras a otra cosa? Si... si tuvieras una vida normal.

Samuel tragó saliva y después volvió a apoyar la cabeza en la pared. Sentía que todo le daba vueltas, así que prefería no moverse demasiado durante al menos un rato.

—Todos los días —contestó al cabo de un momento—. Todos.

—¿Y por qué sigues aquí? —preguntó Olivia, observándolo con intensidad—. ¿Es por Bennett?

Bennett era una de las razones, no podía mentir, pero no lo era todo. Aunque Samuel se había hecho esa pregunta mil veces y la lealtad era algo muy importante para él, había una razón mucho más acuciante, mucho más complicada de gestionar.

—No, no es solo por Bennett. —Su voz pareció un susurro—. Sé que te va a parecer ridículo, pero no sé qué hacer si no es esto, no sé si tendría alguna oportunidad en el mundo real. Mi vida no estaba precisamente llena de promesas antes de entrar en este negocio.

Cuando Olivia se giró hacia él, su expresión había cambiado a una de completa incredulidad. Se acercó a Samuel y, con un suspiro, se arrodilló en el suelo de baldosas rotas, quedando frente a él. Rompiendo todas las normas de lo que ella misma se había jurado no hacer nunca, puso una de sus manos sobre el muslo de Samuel y este la miró sorprendido.

—Puedo garantizarte que el mundo real es mucho más fácil que *esto*, Samuel. Podrías hacer lo que tú quisieras, ser lo que tú quisieras.

La tenía tan cerca que, por un instante, Samuel se preguntó si no estaría teniendo una alucinación a causa de los golpes que Ivanov le había dado en la cabeza. Era muy posible que así fuera. Olivia olía bien, a jabón y a flores, o al menos eso le parecía a él, que se sentía sucio después de la pelea y probablemente olía a sangre seca y sudor.

—Ojalá fuera cierto —opinó él, dejando escapar un suspiro, después la miró con abrumadora honestidad—. ¿Podría hacer que tú te enamoraras de mí?

Olivia apartó la mirada, avergonzada por primera vez. Aun así, no se alejó de él. Se permitió, aunque solo fuera durante unos minutos, sentir su calor. Preguntas como esa, viniendo de sus labios, le provocaban que su corazón diera un vuelco.

Samuel colocó su dedo índice bajo la barbilla de Olivia y giró su rostro hacia él, forzándola a mirarlo. La respuesta que ella pudiera darle le resultaba aterradora, pero no tendría muchas más oportunidades de hacer algo así. Cada vez la sentía más lejos, como si la única posibilidad que pudiera tener con Olivia se desvaneciera con cada día que pasaba.

—¿O eso sería imposible? —cuestionó—. Sé que

no me acerco a lo que tú quieres, Olivia, que no soy el tipo de persona que elegirías. Ni siquiera sé por qué sigo intentándolo, si te soy sincero, pero me sale de dentro hacerlo porque siento que hay una pequeña parte de ti que también me ve a mí de ese modo. ¿Estoy loco? ¿Crees que solo es algo que quiero pensar, pero que no existe en realidad?

No, no estaba loco. Olivia lo sabía perfectamente y admitirlo en voz alta le resultaba tan peligroso como saber que, en cualquier momento, cualquier otro día, él volvería a un cuadrilátero y, lo que había pasado ese día, sucedería de nuevo. Quizás de un modo más brutal, más doloroso.

—Déjalo —pidió ella de pronto—. No vuelvas a pelear más.

Samuel enarcó su ceja sana. Quería pensar que esa petición escondía una razón más profunda que solo el deseo de su bienestar.

—Dame una cita, solo una, y lo dejaré. Te lo prometo.

Ni siquiera él mismo podía creerse lo que acababa de decir, pero lo había hecho. Tenía miedo, pues, si ella aceptaba, su vida cambiaría a partir de ese día. Pero conseguiría aquello que tanto tiempo llevaba anhelando.

Olivia asintió con la cabeza.

—Está bien. Tú dejas de pelear y yo salgo contigo.

—¿De verdad? —De repente, su tono de voz fue intenso, emocionado.

—Una cita —convino ella, riendo—, y después decidimos.

Esas fueron las palabras más dulces que había escuchado nunca. Casi aulló de júbilo, aunque la emoción se trasladó en un intenso dolor de cabeza que le obligó a relajarse al instante. Olivia se incorporó sobre sus rodillas y, para sorpresa de Samuel, se acercó a él un poco más. Su aroma nublaba todos y cada uno de sus sentidos y su pulso se aceleró cuando la chica rozó sus mejillas con su cabello, después lo besó en los labios con suavidad. Le habría gustado no estar dolorido durante su primer beso, para poder disfrutarlo por completo, pero su contacto fue tan ligero que, para Samuel, resultó similar a un sueño. Un sueño que llevaba años en su cabeza.

Cuando por fin pudo acariciar el cabello de Olivia y la vio sonreír, a pocos centímetros de su rostro, Samuel supo que cumpliría su promesa. Tenía miedo, sí, pero esa vez tenía mucho más que perder si no se arriesgaba. Y sería todo un placer hacerlo.

Capítulo 16

Gia no conocía al adversario de Bennett, pero era un tipo enorme. Se llamaba O'Donnell, era irlandés y parecía, por lo menos, diez años mayor que Miles. Su cuerpo, bien formado y lleno de tatuajes, se movía con agilidad de un lado al otro del cuadrilátero.

—¡Bennett! ¡Bennett!

Los gritos se oían por cada rincón de esa sala y Gia lograba quedarse con cada pequeño detalle que percibía, cada nuevo golpe que alguno de los dos luchadores le propinaba al otro. Su corazón se encogió cuando O'Donnell le dio un cabezazo a Bennett, que estuvo a punto de salirse del *ring* ante el golpe. Tardó unos segundos en recuperarse y se lanzó contra su oponente con más fuerza, atizándole en las costillas.

Esa pelea le resultaba terrible a Gia. Cada nueva patada, cada puñetazo que Bennett recibía, amenazaba con hacerla llorar. Estaba más que claro que no podría soportar que él siguiera haciendo eso. Lo había conocido dentro de un *ring*, y precisamente eso era lo que la había arrastrado hacia Bennett en un principio, pero no podría vivir sabiendo que, en cualquier momento, saldría herido o, quizás, muerto.

Apenas había comenzado a conocerlo, no podía perderlo tan pronto.

O'Donnell le dio un codazo inesperado a Bennett, que cayó al suelo. Solo en ese instante, Gia escuchó por primera vez la inconfundible voz ronca de Isaac, alzándose por encima de la multitud.

—¡Venga, hijo! ¡Levántate!

Bennett, que durante unos segundos había permanecido en el suelo, alzó la cabeza, buscando esa voz familiar. Quizás creía que acababa de imaginarla, que no había sucedido. Mientras trataba de levantarse, O'Donnell le propinó una patada en el estómago. Gia ahogó un grito.

—¡Levanta, Bennett! —lo animó ella.

Ese golpe le había dolido tanto como si lo hubiera recibido en su propio cuerpo. Quiso salir corriendo de allí, quizás porque de ese modo podría ahorrarse tener que verlo, pero no era capaz de dejarlo así. Su corazón latía a mil por hora y estaba mareada.

Miles se las arregló para rodar sobre sí mismo y, aunque de forma un tanto torpe, logró agarrar las endebles cuerdas del *ring* y ponerse en pie. Tomó aire y, por primera vez, miró a su alrededor. El latido de su corazón se aceleró cuando, aguzando la vista, fue capaz de distinguir a Isaac, acompañado de Luke, Ian y Akram. ¿Qué demonios estaban haciendo ellos allí? ¿Qué significaba eso? Sin perder el foco, miró hacia todas partes, intentando encontrar a Gia, porque sabía que estaba allí, estaba seguro de ello, pues había escuchado su voz alta y clara, no se la había imaginado.

La encontró entre la multitud, con un semblante preocupado, casi como si estuviera a punto de llorar. Le habría gustado poder mirarla durante más tiempo, centrarse en cada pequeño gesto de su precioso rostro, dejando que las sensaciones que siempre aparecían cuando ella estaba ahí se adueñaran de su cuerpo. Pero no pudo hacerlo, pues el puño de O'Donnell se aproximó a su rostro, una vez más, y Miles tuvo que poner todo de su parte para esquivarlo. Lo consiguió, por poco, y se obligó a sí mismo a reaccionar. Un segundo más tarde, empujó con fuerza el imponente cuerpo del gigante al que se estaba enfrentando.

O'Donnell no pudo evitarlo cuando Bennett se abalanzó sobre él, golpeándolo de nuevo. Se sentía renovado, como si alguien hubiera recargado sus baterías. Quería ganar esa pelea, necesitaba hacerlo, pues gente *verdaderamente importante* para él había acudido a verlo.

—¡Vamos, Miles! —escuchó entre la multitud, era la primera vez que alguien lo llamaba por ese nombre allí—. ¡Machácalo!

Podía hacerlo, sí, pero tenía que encontrar la mayor debilidad de O'Donnell. No era la primera vez que luchaba contra él, lo conocía y sabía cómo se movía, era hora de utilizarlo en su contra. O'Donnell era rápido, pero en ocasiones desprotegía partes importantes de su cuerpo al intentar atacar a su oponente. Miles lo pateó en la pierna y el hombre se tambaleó, pero no perdió el equilibrio. Ambos estaban cansados y recubiertos de sudor, pero se mantenían en pie.

Miles se lanzó con un nuevo puñetazo y O'Donnell lo esquivó, pero su cuerpo pareció debilitarse cuando Bennett le dio una nueva patada, el peso del hombre cedió y por fin cayó al suelo. Esa era su oportunidad y, si no la aprovechaba, se estaría jugando una derrota.

Sobre el suelo, Bennett se lanzó encima del enorme cuerpo de O'Donnell. Aprovechando su fuerza, Miles atrapó una de las piernas de su oponente y realizó una llave, fijándola entre sus propias piernas y apretando solo lo suficiente como para que su contrincante supiera que podía dislocarle la rodilla si él no se rendía. O'Donnell dejó escapar un insulto, seguido de un grito, cuando Miles apretó de nuevo.

El irlandés logró utilizar sus puños para golpearlo otra vez en las costillas. Durante solo un instante, el férreo agarre de Bennett se aflojó y O'Donnell logró escapar. Ambos gruñeron, exhaustos. Era una pelea tan igualada que cualquiera de los dos podría ganar en cualquier momento. Estaba en juego mucho dinero y, a su alrededor, un sinfín de hombres y mujeres gritaban, suplicándoles que le hicieran daño al otro. Era un espectáculo tan poco humano que Miles se estremeció.

Cuando ambos lograron levantarse, estuvo claro que ninguno de los dos se mantendría en pie durante mucho más tiempo. O'Donnell volvió a atacarlo, con cierta duda, y Bennett lo esquivó. Le golpeó el rostro y el irlandés retrocedió. La sangre brotaba de su mejilla y Bennett solo deseó que eso terminara de una vez. Le dolía el cuerpo, ya no quería estar allí. Usando sus últimas fuerzas, el joven logró desestabilizar a su adversario, lanzando varios puños que lo alcanzaron de lleno. O'Donnell se cubrió el rostro, cayendo hacia atrás y golpeando el suelo. Bennett supo que ya estaba, lo había conseguido. O'Donnell no volvió a incorporarse. El hombre no tardó mucho en golpear el suelo en un gesto que solo podía significar que se retiraba de la pelea.

Ignorando el dolor que sentía en todo el cuerpo,

Bennett alzó sus brazos, proclamándose como campeón. A su alrededor, una abrumadora cantidad de gritos llamando su nombre lo recibió. Isaac aplaudía en un lado de esa sala, y cuando Miles buscó a Gia de nuevo, lo que encontró lo sorprendió: la joven no sonreía, no parecía feliz, ya ni siquiera parecía aliviada. Lo observaba con los ojos brillantes y una de sus manos cubriendo sus labios, como si hubiera contenido el aliento hasta ese momento, hasta que por fin él había ganado. Pero Gia no estaba emocionada con su victoria.

Cuando Miles salió del cuadrilátero, tuvo que enfrentarse a un sinfín de conocidos y desconocidos estrechándole la mano y palmeando su espalda. Era consciente de que había recibido bastantes golpes ese día y la boca le sabía a sangre. A su alrededor se extendía una enorme ovación que celebraba la victoria del León del Este.

Bennett caminó hasta Gia y esta, por fin, compuso una pequeña sonrisa, aunque la felicidad no pareció llegarle a los ojos.

—Enhorabuena —le susurró ella.

—Ven —le pidió él.

Estrechó su mano y ambos se dirigieron a la puerta que los conduciría al vestuario. Apenas la habían cruzado cuando se chocaron con Olivia y Samuel por el camino. Su amigo ya llevaba ropa de calle, estaba claro que no iba a quedarse mucho más tiempo allí. Solo entonces Miles se percató de que Sam había salido bastante perjudicado de su pelea con Ivanov. Sintió un golpe en el pecho al contemplar el rostro hinchado y enrojecido de Samuel, que probablemente pasaría una noche difícil después de lo que había sucedido. Aun así, y contra todo pronóstico, el chico sonreía ampliamente.

—¿Ha ido bien? —le preguntó al verlo.

Bennett tan solo asintió con la cabeza. Su amigo se acercó a él y le dio un abrazo. Saludó a Gia con un ligero gesto de cabeza.

—Nos vemos mañana.

—De acuerdo.

Gia y Olivia compartieron una mirada cómplice que tan solo dejó a la primera deseando saber qué demonios había sucedido entre su amiga y Samuel. Le costaba pensar que, en efecto, Olivia hubiera dejado de ser fría como el hielo ante el luchador. ¿Qué habría provocado ese cambio?

Gia abrió la puerta del vestuario, con él a su espalda, tal y como ya había sucedido una vez en ese mismo lugar. Las cosas habían cambiado en solo semanas, todo lo había hecho. Entró a esa sala que una vez le había parecido aterradora y en ese momento la vio tal y como era: pequeña, fea, asfixiante. Cuando Miles cerró la puerta, Gia se giró hacia él y lo observó un instante en silencio. Después, dejó escapar un suspiro y recortó los pocos centímetros que los separaban para abrazarlo con fuerza. Miles pareció sorprendido al principio, aunque correspondió al abrazo y enterró su mano en el suave cabello de Gia.

—¿Qué sucede? —preguntó él.

¿Acaso era idiota? ¿Cómo se atrevía a preguntarle eso después de lo que había pasado, del miedo que le había hecho sentir? Gia alzó la cabeza y lo miró a los ojos. Sentía la cálida piel desnuda de su pecho bajo su barbilla.

—¿Por qué no me dijiste que ibas a pelear? ¿Creías que no iba a enterarme?

Y la verdad, por muy estúpida que resultara, era que sí. Esperaba que no se enterara hasta unos días después, hasta que ya hubiera pasado.

—No quería preocuparte.

Gia gruñó, negando con la cabeza.

—No puedo con esto —susurró—, es demasiado. La última vez no me importó, porque no sentía nada. Pero ahora sé que no puedo, no después de lo que he visto hoy.

La entendía, por mucho que le doliera escuchar esas palabras, tenía que reconocer que sabía muy bien lo que Gia quería decir. Miles la miró a los ojos y después posó su vista en los labios carnosos y rosados de la joven. Pero no la besó, no lo hizo porque comprendía perfectamente lo que sus palabras le estaban diciendo. Bennett suspiró, conocía la implicación que había detrás.

Si Gia se iba, sería su culpa, pues no había forma de culparla a ella. No podía porque era lo que se merecía y, a pesar de que acabara de admitir en voz alta que sentía algo por él, a pesar del valor de esas palabras, se encontraba paralizado sin saber qué debía hacer. Sin querer asumirlo.

Alguien llamó a la puerta y se separaron de golpe, como si un resorte los hubiera soltado de repente. La puerta se abrió e Isaac asomó su cabeza morena con algunos mechones blancos. Gia dio un paso atrás.

—¿Puedo pasar? —preguntó Isaac.

Fue ella quien asintió de forma efusiva con la cabeza, después se dirigió a la puerta, lanzándole una última mirada a Miles desde la salida.

—Nos vemos por ahí, Bennett.

Él se estremeció al escucharla. ¿Era una despedida de verdad? ¿Significaba que había acabado todo? Sentía que ni siquiera había llegado a disfrutar aquello tan raro y precioso que había surgido con Gia, algo que, desde el principio, le había resultado casi inverosímil. ¿Eso era todo? ¿Solo un par de días de risas, conversaciones y besos?

Cuando Gia cerró la puerta tras ella, su mirada se centró en Isaac, que lo observó en silencio. Lo miraba con cierta severidad, como cuando tenía trece años y sacaba malas notas en el instituto. Para su sorpresa, también había algo dulce en los ojos de Isaac, como en todas esas veces en las que Miles se había metido en algún lío y no había sabido qué hacer, cómo reñirlo o, directamente, cómo actuar. Isaac nunca había tenido hijos y, de pronto, un día, se había encontrado a cargo de un adolescente que presentaba más bien poco respeto por las normas y que, además, tenía mucho *mucho* miedo a ser abandonado. Isaac no podía dejarlo de lado, era muy consciente de eso. Si bien el hombre sentía que no había sido capaz de ayudar a Miles un par de años atrás, cuando Nicole se había ido, creía que podría hacerlo esta vez.

—Enhorabuena. —Esa fue la primera palabra que le dirigió.

Era una felicitación, sí, pero no parecía brillar ningún tipo de orgullo en la voz de su tío.

—Gracias. No esperaba que vinieras. —Miles era sincero—. Me sorprende.

—Ya sabes, me apetecía probar algo nuevo para comenzar el año. —Isaac se cruzó de brazos y lo observó con un gesto más serio—. ¿Y ahora qué?

Miles se mostró confundido.

—¿Ahora?

—Puedes ganar peleando a cualquier tipo del barrio, ahora ya lo sabes, y también controlas las apuestas de todo el este de Londres y eres capaz de aterrorizar a cualquier borracho de bar. ¿Y qué? ¿De qué te sirve?

Si esperaba que Isaac le dorara la píldora, estaba claro que estaba equivocado. No había cambiado un ápice. Tan estricto como siempre, Isaac lo observó con el ceño fruncido. Muchas veces, Miles se preguntaba si su padre lo habría observado de ese modo si estuviera allí. Algo le decía que, para su desgracia, probablemente así habría sido. Les habría fallado a sus padres tal y como lo había hecho con Isaac.

—Me da dinero —respondió, y su tono de voz se volvió rebelde, como lo había sido a los dieciocho, cuando comenzaron sus primeras discusiones.

Isaac bufó.

—Tú y tu millón de libras —pronunció esas palabras como si se estuviera burlando de él—. Miles, despierta de una vez. No necesitas un millón de libras. Y si algún día tienes la desgracia de conseguirlo haciéndolo de este modo, te darás cuenta de que no te sirve de nada si has perdido el resto de tu vida por el dinero.

Escuchar a su tío dolía, lo había hecho dos años atrás y lo hacía ahora. De repente, Miles se sentía como un niño perdido al que le estaban echando la bronca. Suspiró, sin saber muy bien qué hacer ni cómo responder. Una vez más, comprobaba cómo todo iba a volver a derrumbarse ante sus ojos: Gia iba a marcharse, estaba claro, Isaac no regresaría si él seguía con ese tipo de vida y tan solo tenía que pensar en el rostro desfigurado de Samuel tras la pelea para recordarse a sí mismo que él era, en gran parte, culpable de aquello que le sucediera a su mejor amigo.

Estuvo convencido de que las siguientes palabras de su tío serían de despedida, que se marcharía de allí y lo dejaría solo en esa habitación en la que de tantos golpes se había intentado curar.

—Déjalo de una vez, Miles —le pidió él—. Vuelve a boxear, vuelve al bar si quieres, y te puedo garantizar que voy a estar contigo en todos los entrenamientos, en todos los combates, como en los viejos tiempos. Pero deja toda esta basura, por favor.

No era la primera vez que Isaac le pedía eso, pero nunca lo había hecho de ese modo tan solemne, tan formal. Lo pilló con la guardia baja, sin saber qué decir, cómo reaccionar. ¿Estaba hablando en serio? Después de todo lo que había sucedido, de cuánto lo había hecho sufrir..., ahí estaba su tío, una vez más.

Por un momento se preguntó si había escuchado bien.

—¿Volver al bar? —No daba crédito a la petición de Isaac—. ¿Lo dices en serio?

—He visto este lugar, he visto otros lugares en los que has peleado e, hijo, cualquier día de estos te van a matar, o vas a matar a alguien. —Esa frase le heló la sangre—. Y todas las personas que te queremos no merecemos que suceda eso, tú tampoco lo mereces. Miles, sé todo por lo que has pasado, lo sé más bien que nadie, pero es hora de que permitas que te ayudemos, es hora de que dejes a un lado todo ese dolor. No puedes tolerar que las desgracias de tu vida te definan, que determinen quién eres.

La mandíbula de Isaac temblaba al decir eso. Era la primera vez que Miles veía a su tío siendo tan frágil, como si estuviera a punto de llorar. Jamás había sido tan abierto, tan sincero con él.

Bennett se cubrió los ojos con las palmas de las manos. Ese momento estaba llegando, era ahora o nunca y sabía que tenía que tomar una decisión, una muy importante.

—Tú eres quien determina cuáles son las piezas que te construyen, Miles —susurró su tío, y sus palabras retumbaron en su cabeza como si acabara de gritárselas, como si las estuviera grabando en su piel con fuego—. Eres tú quién elige qué piezas tomar y dónde colocarlas. Y te pido, por favor, que elijas las que te unen a mí, las que te convierten en el hombre que sé que eres y en el que te convertirás.

Supo que Isaac estaba llorando sin tener que mirarlo porque se quedó callado y apretó los labios. Su voz temblaba y, a pesar de mostrarse vulnerable, seguía siendo Isaac, seguía resultándole complicado actuar de ese modo frente a él porque siempre le había dado una imagen dura. Quizás porque así esperaba ganarse el respeto de ese niño para el que claramente no era su padre. Si tan solo Isaac supiera hasta qué punto él sí había sido su padre en los últimos años...

Tomó aire una vez más, alejándose de Isaac un par de metros. Sintió la pared de baldosas, helada, rozando su espalda, y notó cierto alivio al hacerlo. Entonces, por primera vez, Miles volvió a hablar:

—Está bien.

No dijo nada más, fue suficiente. Con solo dos palabras, acababa de rendirse, lo había hecho. Hasta ahí había llegado esa batalla que nunca terminaba, esa lucha que, por muchas veces que enfrentaba, jamás lograba vencer. La realidad era que echaba de menos tener una vida normal, extrañaba boxear, tumbarse en una cama cálida y cómoda, extrañaba salir a correr y poder llenar sus pulmones de aire sin que la ansiedad atenazara su pecho. Echaba de menos hablar con Isaac en el bar a las tres de la madrugada y también sentirse enamorado, sentir que alguien lo quería.

Ya era hora de afrontar que su plan no había salido bien, que jamás lo haría.

—¿Lo dices de verdad? —La voz de Isaac, aún rota, estaba esperanzada.

—Sí. Creo que es el momento. No quiero ser *así*, no quiero convertirme permanentemente en algo como esto.

Isaac asintió con la cabeza, después se acercó a él y lo estrechó entre sus brazos. Palmeó su espalda con fuerza y Miles gimió, porque, al fin y al cabo, acababa de pelearse con un gigante que había estado bastante cerca de hacerle *mucho* daño.

—La chica lo va a agradecer —bromeó Isaac al separarse de él—. Tendrías que haber visto su cara al aparecer O'Donnell. Seguro que ha pensado que sería la última vez que te vería vivo.

Eso le hizo reír, aunque era consciente de la dureza de esas palabras. Isaac tenía razón y él sabía que, si no terminaba con eso, no habría ninguna manera de que Gia se quedara. Porque ella, al fin y al cabo, se estaba convirtiendo en una constante en su pensamiento, en una de esas piezas que lo unían, pero no iba a quedarse si él no cambiaba. Ella no se merecía eso.

Miles debía empezar a pensar en las palabras que le había dedicado su tío, en su significado. Si quería que todas las piezas permanecieran en su lugar, era hora de cambiar.

Capítulo 17

Gia arrugó la servilleta de papel entre sus dedos con fuerza. Enfrente, Stephen Miller leía con rapidez todas y cada una de las palabras que ella misma había escrito. Fruncía el ceño en los momentos oportunos y bebía un trago de su taza de café cada pocos minutos.

Estaban en una cafetería del centro y esa era la primera vez que Gia lo veía en persona. El hombre era imponente, a pesar de no ser especialmente alto o fuerte. Su cabello rapado dejaba entrever algunas marcas en su cráneo, cicatrices de sus aventuras en el Amazonas, o en alguna selva africana en la cual habría rodado un famoso reportaje para *National Geographic.* Cuando Miller por fin terminó de leer su trabajo, lo cerró con delicadeza y lo dejó sobre la mesa. Lo había encuadernado ella misma con todo el cariño del mundo. Abrió mucho los ojos, impaciente.

—¿Y bien? —preguntó Gia, consciente de que ser tan impaciente era una cualidad que, quizás, él no apreciaría—. ¿Le parece un buen trabajo?

—Me recuerdas, en cierto modo, a mis primeros años. Colombia, México, Panamá... En esos tiempos yo buscaba aventura, Gia, no te lo puedes imaginar. ¡Estaba sediento de emociones!

Reconocía que ella también era así, estaba claro que su reportaje buscaba despertar sensaciones fuertes, se palpaba el riesgo al que se había enfrentado al confeccionarlo. Las peleas ilegales en Londres eran mucho más complejas de lo que podía explicarse en unas cuantas páginas manuscritas, pero aun así había sido capaz de reflejar su inquietante atmósfera con una exactitud que Stephen solo podía describir como estremecedora. Le costaba trabajo pensar que la joven a la que tenía delante tan solo tenía veinte años.

—Entonces, ¿es bueno?

Él enarcó una ceja con un gesto que destilaba cierta suficiencia.

—Ya lo sabes, Gia, no creo que esperes que te lo repita... ¿O sí? —Miller se rio—. Bueno, en caso de que así sea, puedo confirmar que lo es. No es una obra maestra ni un estudio milimétrico, tampoco puedo decirte que lo vaya a publicar..., pero es bueno, tiene alma.

Para ella, escuchar algo como eso ya le resultaba suficiente. ¿Alma? Había puesto toda la que tenía escribiendo no solo la historia de Bennett, sino también la de Samuel —que al final había aceptado darle una pequeña entrevista—, la de Chiara, la de varios de aquellos hombres que se dedicaban a apostar cada fin de semana... Gia sabía bien que leer esa historia era exótico: un lugar peligroso, oscuro, en el que los hombres se peleaban como si se odiaran, a veces incluso con sus amigos cercanos, con una joven pelirroja de ropas brillantes como presentadora y un sinfín de individuos sin rostro que no dudaban en tirar billetes y billetes en ese negocio tan lóbrego como morboso.

—Gracias.

—¿Tienes fotos? ¿Vídeos? —Stephen Miller cruzó las piernas y su interés se centró de nuevo en Gia.

—No —mintió ella.

El periodista asintió con la cabeza, no sin cierta desilusión.

—Me imagino que es difícil.

—Peligroso, más que difícil —contestó Gia con un tono de voz estable, aunque serio—. No son lugares agradables y quién sabe lo que me habría sucedido si me hubieran pillado grabando.

De nuevo, Miller soltó una carcajada. Por un instante la observó como si tuviera mil y una historias que podría contarle al respecto.

—Lo sé, cielo, lo sé. En esta profesión aprenderás que nada es demasiado peligroso para algunas personas. Te encontrarás con locos que arriesgarán su vida solo por la posibilidad de sacar una foto decente de algo prohibido, algo secreto o algo ilegal. —Tomó un nuevo trago de su café—. Además, ya sabes cómo son los lectores hoy en día... Sin fotos, sin vídeos..., es como si te lo hubieras inventado todo.

Ella enarcó una ceja.

—¿Ah, sí?

Los ojos astutos de Miller brillaron cuando ella, por primera vez, pareció desafiante. Stephen Miller se consideraba no solo un contador de historias, sino también un buen lector de personas. Había aprendido muchas cosas gracias a su trabajo, una de ellas era en quién podía confiar.

—Sí, pero sé que tu historia es verdadera —la tranquilizó inmediatamente—, la has escrito con pasión, y no la pasión de quien es bueno escribiendo ficción, sino la de alguien que ha visto una historia y ahora se muere por querer contarla.

Gia sentía que ese hombre era de lo más críptico, pero no podía negar que le caía bien y, además, le provocaba un inmenso respeto.

—Sigue así, ¿de acuerdo? —resumió él, después miró su reloj—. Tengo que irme, pero nos volveremos a ver. Empiezas en la revista en septiembre, hablaré con Gold para que sepa que te he elegido a ti.

El modo distraído en el que pronunció esas palabras le resultó hilarante a Gia, que tomó aire y abrió mucho los ojos al escucharlo.

—¿De verdad?

—De verdad. Pero quiero verte preparada al máximo en *Onzone*, pierde el miedo, la vergüenza, o lo que sea que sientas y, si se te vuelve a presentar una noticia como esta, saca la cámara. ¿De acuerdo?

Por supuesto que sí. Gia estaba preparada para llevar el móvil en la mano a cada instante para poder capturar cualquier suceso si eso significaba que, de verdad, lo había conseguido. Siempre y cuando, como en esa ocasión, no significara fallar a su palabra. Ella le había prometido a Miles, la primera noche, que jamás haría público ese vídeo, y su promesa significaba mucho más que cualquier exclusiva. Aun así, trabajar con Stephen Miller y ser parte de un proyecto como ese era todo un sueño hecho realidad, así que pondría todo de su parte para hacerlo lo mejor posible.

—Muchas gracias, señor Miller, le juro que...

—Primero trabaja conmigo —la interrumpió él—, y después, si de verdad lo disfrutas y decides dedicarte a esto, me das las gracias.

Miller se puso en pie y se despidió de ella con un apretón de manos formal. Después se dirigió al mostrador de la cafetería y pagó los dos cafés que se habían tomado. Le gustaba esa chica, estaba claro que era despierta y que tenía talento. Había mentido respecto a las imágenes de su artículo, lo intuía, y eso, en cierto modo, le generaba curiosidad. ¿Por qué mentiría? ¿No sería lo lógico que le mostrara un álbum de fotos detallando cada pelea a la que había acudido de incógnito, intentando convencerlo de contratarla como becaria?

No fue hasta que salió de aquella cafetería cuando Stephen Miller comprendió lo que sucedía. Apenas giró la calle, dispuesto a parar al primer taxi que viera para que lo llevara a la redacción de la revista, cuando distinguió la espalda de Gianna Bay. Se encontró con un chico alto y fuerte, y ambos jóvenes se abrazaron. El desconocido acarició el pelo de Gia y Stephen sonrió entre dientes al percatarse de que, sospechosamente, ese tipo tenía la forma física adecuada para ser deportista profesional, quizás luchador. Miller no era un *paparazzo* de la prensa rosa, pero sabía reconocer un suceso en cuanto veía uno.

Stephen Miller tomó el artículo escrito por ella y lo introdujo dentro de su maletín, con la idea de repasarlo de nuevo en otro momento, quizás para enseñárselo también a otros miembros de la redacción de su revista. Se encontraba satisfecho, sabía que Gia sería una buena adición a su equipo.

Bennett abrió la puerta y ella observó el interior de la casa sin atreverse a poner un pie dentro, no aún. Él estaba nervioso, se le notaba, y no era para menos. ¡Era la primera vez que llevaba a alguien que no fuera Samuel a su hogar! Bennett se había planteado durante semanas si hacerlo. De hecho, a esas alturas, hacía casi un mes que *oficialmente* estaban juntos. Y solo entonces, solo ese día, él se había sentido cómodo llevándola allí.

Gia entró tras él, como intentando que sus pasos no hicieran ruido, quizás como si pudiera hacerle olvidar que ella también estaba allí. Recorrieron una pequeña entrada y después cruzaron un pasillo amplio con unas escaleras que llevaban al piso superior. No subieron a la habitación, sino que permanecieron en la sala principal. Bennett se giró hacia ella, un tanto avergonzado, y puso los brazos en jarras.

—¿Qué tal? ¿Qué te parece?

Gia le había hecho mil bromas respecto a cuál podía ser la razón por la que no quería mostrarle su casa. Le había dicho que estaba convencida de que el lugar sería una cueva subterránea o que, quizás, no quería llevarla allí porque en su casa vivía junto a su mujer y sus tres hijos. Todas esas opciones eran una broma, desde luego, pero la realidad era que Gia no se había preguntado con seriedad cómo sería la casa de Miles hasta ese momento. Y allí estaba.

La joven enarcó una ceja, antes de apuntar lo evidente.

—Bennett —dijo en voz baja—. No tienes muebles.

Cualquier palabra parecía retumbar con cierto eco en un lugar tan vacío. El salón no contaba con ni un solo complemento que lo hiciera parecer más cómodo, era una habitación que parecía recién construida. La cocina, al menos, tenía una mesa, una cafetera y una nevera. ¿Qué demonios era eso? Sabía que él, la mayoría de las veces, comía fuera de casa. Solía almorzar o cenar en el Rowland's desde hacía poco, pero nunca creyó que fuera porque, prácticamente, no tenía *nada* en su casa.

—Ya —reconoció él—. Lo sé. —Tardó varios

segundos más en volver a hablar—: Nicole y yo no llegamos a vivir juntos aquí ni un solo día. Compramos la casa y, una semana más tarde, ella ya se había marchado —explicó—. Siempre pensé que la vendería enseguida, que me ayudaría a conseguir el millón de libras y que, cualquier mueble o adorno que comprara, tan solo me haría encariñarme con este lugar. Y créeme, he *odiado* esta casa durante años, no sabes cuánto.

Escucharlo era duro. Había días en los que ella lo veía feliz, lo veía tal y como era, y olvidaba por completo todo por lo que había pasado, la cárcel en la que él mismo se había encerrado.

Gia trató de aligerar el ambiente de nuevo.

—Bueno, ¿y dónde quieres que me siente?

Bennett se rio, acercándose a ella y abrazándola por la espalda. Durante unos segundos rozó el cuello de Gia con sus labios y aspiró el aroma frutal de su cabello.

—En el suelo —le respondió burlonamente.

Ella le dedicó una risa musical.

—Hoy ya sé que me toca sentarme en el suelo, no nos queda otra opción, pero ¿y qué hay de los otros días?

—¿Qué otros días?

—¿No vas a volver a invitarme a tu casa o qué? —replicó Gia en un tono juguetón—. Me imagino que tendrás que prepararme una cena, ver una película juntos... Yo creo que necesitas, como mínimo, un sofá y una televisión. Aquí. —Señaló con el dedo índice una esquina del salón.

—Lo voy a pensar.

Gia no sabía si Miles estaba bromeando o no. Se giró hacia él y posó las palmas de sus manos en las mejillas del chico. Después, despacio, se puso de puntillas y depositó un pequeño beso sobre sus labios. Bennett correspondió al instante, acariciando sus labios con los de él de forma más insistente. Gia le hacía perder la cabeza y le resultaba increíble pensar que había habido un momento en el que la había detestado. Le resultaba imposible pensar en algo así, pero también era consciente de que no había sido él por completo, de que, durante más de dos años, apenas había sido capaz de reconocerse en el espejo. Pero eso estaba cambiando, por fin.

No era como si su «viejo yo» hubiera vuelto, nada de eso, sino que Miles estaba aprendiendo, día a día, a ser él mismo. No quería depender de nadie nunca más y se percataba de que, de ese modo, sin que nadie se sintiera obligado a permanecer a su lado, estaba consiguiendo ser más feliz de lo que lo había sido nunca.

—Dime que tienes una cama.

Bennett se quedó en silencio un momento, después enarcó una ceja.

—Define cama.

Ella soltó una carcajada.

—¿Estás de broma? ¿No tienes cama?

Tenía un colchón, que le resultaba más que suficiente para dormir por las noches sin tener que hacerlo en el suelo.

—Tener muebles está sobrevalorado, ¿lo sabías? —bromeó Miles.

—Pues si no tienes cama, tenemos un problema... —comentó ella con un tono pícaro que Bennett adoraba.

—En ese caso, lo solucionaré cuanto antes. Te aseguro que comprar una cama será mi mayor prioridad este mes

—¿Cómo que «este mes»? ¿Y qué vamos a hacer hasta entonces?

Bennett se aguantó la risa cuando Gia puso los

ojos en blanco, fingiendo estar molesta, y se acercó a ella para darle un nuevo beso en los labios. Después, cuando se alejó de su cuerpo, observó su rostro una vez más, sintiendo que su pecho parecía expandirse con los complejos sentimientos que le provocaba.

Bennett apartó un mechón de cabello del rostro de Gia y, en silencio, agradeció el día en que ella apareció en su camino.

Epílogo

Seis meses después

El Rowland's, como era costumbre un sábado por la tarde, estaba repleto de gente. Los clientes se arremolinaban en el exterior, aprovechando la quietud de ese lugar alejado y, en especial, del agradable clima veraniego de esa noche de principios de agosto. Londres sufría una ola de calor desde hacía una semana e incluso por las noches las temperaturas eran cálidas y agradables.

Bennett entraba a trabajar a las ocho de la tarde, en la puerta del bar. Llegó pronto, sin prisa, y pudo distinguir a Gia detrás de la barra a través de la ventana. Saludó a Akram con un choque de manos amigable y después entró al local. No le sorprendió ver a Samuel sentado a la barra, manteniendo una animada conversación tanto con Olivia como con Gia. Desde que Samuel y Olivia estaban juntos, el pelirrojo ya no tenía que buscar una excusa recurrente para sentarse a la barra del Rowland's y pasar toda la tarde allí. Había comenzado a trabajar en el gimnasio junto a Rebecca, así que era habitual que siempre estuviera por el barrio. Seguían viéndose todos los días, o bien entrenando, o bien por la noche, en el bar.

Saludó a su mejor amigo con un abrazo y se sentó a su lado. Frente a él, tras la barra, Gia le guiñó un ojo, gesto que él correspondió con una amplia sonrisa. A veces le dolía la cara de tanto sonreír cuando la tenía cerca y sentía que cada día la quería más y más. ¿Era eso normal? Samuel se estaba tomando una cerveza y le ofreció una a él también, pero Miles se negó. Apenas bebía ya y mucho menos lo hacía antes de empezar a trabajar.

Nada había cambiado demasiado en el bar, a excepción de que Luke era el nuevo encargado —hecho del que tanto Olivia como Gia se alegraban y se lamentaban a partes iguales—, él había vuelto a ser portero y, en ocasiones, también ayudaba a su tío con algunas gestiones económicas. Al fin y al cabo, haber estado tan obsesionado con el dinero durante dos años le había otorgado gran experiencia en ese asunto. La realidad era que, cada día, Isaac estaba más cansado de ocuparse del bar y por eso le dejaba ciertas responsabilidades a Luke o a Miles, con la esperanza de poder retirarse pronto y dedicarse a otras aficiones.

Había una, en concreto, que habitaba la cabeza de Isaac bastante a menudo. Bennett supo que su tío estaba pensando en eso precisamente cuando escuchó su voz a varios metros de donde él se encontraba. Isaac charlaba y se reía con uno de los clientes mientras le enseñaba un vídeo que llevaba un par de días reproduciendo sin parar en su teléfono móvil.

—Mira esto. ¡Mira el juego de piernas! —exclamó Isaac—. Es un prodigio, te lo aseguro. Mi chico va a llegar muy lejos.

Miles se habría ruborizado si no hubiera escuchado esas palabras ya unas mil veces durante los últimos meses. Sabía que Isaac le estaba mostrando a ese hombre uno de los vídeos que había grabado en el combate de boxeo de la semana anterior. Ese parecía ser el nuevo entretenimiento de Isaac: lo acompañaba a todos los combates y lo animaba en la grada como cuando tenía doce años y participaba en los torneos juveniles del este de Londres. Pero ya era adulto y, si seguía entrenando a ese mismo ritmo, a finales de año podría plantearse entrar en algunos combates nacionales. Le daba vértigo pensarlo, pero a la vez se sentía bendecido. Había recuperado su vida, de hecho, sentía que tenía una versión mejorada de la anterior.

No podía mentirse a sí mismo, sabía que muchas personas que conocían su pasado aún tenían dudas sobre él y no se le había permitido entrar a algunos combates, pues su historial en peleas ilegales lo había precedido. Aun así, aún le quedaban oportunidades que aprovechar. Se quedó quieto un instante al notar un agradable roce en la espalda. Sintió las manos de Gia detenerse en su cadera y la joven se colocó a su lado, abrazándolo.

—¿Vamos afuera? Voy a tomarme mi descanso ahora y tengo que comprar algo de comer, ¡me muero de hambre!

Aún quedaban veinte minutos para que el turno de Miles comenzara, así que asintió con la cabeza y ambos se dirigieron a la puerta del Rowland's. Una vez en el exterior, Gia estrechó su mano y se giró hacia Akram.

—¿Quieres algo de la tienda? —ofreció.

Akram indicó, con un gesto, que no necesitaba nada, y ellos dos caminaron varios metros hasta llegar a la calle principal. Había momentos como ese en los que Miles todavía no se creía lo que estaba sucediendo, hasta qué punto era feliz. Miró a Gia y contempló su cabello despeinado y la

permanente sonrisa de la joven, ajena a lo que le
pasaba por la mente a él. Se preguntaba si ella sa-
bría, aunque fuera remotamente, hasta qué punto
era feliz.

—¿Bennett? —lo llamó Gia.

Se dio cuenta de que se había detenido en mitad
de la acera, perdido en sus pensamientos. En vez de
seguir caminando, y aún con su mano entre las suyas, atrajo a la joven hacia él con suavidad hasta
quedar muy cerca de su cuerpo. Después bajó la
cabeza y depositó un beso sobre el cabello de Gia,
que se dejó hacer, confundida pero complacida.

—Vamos —instó ella con su voz dulce—, date
prisa o no regresaremos a tiempo. ¡Luke me cuenta
los minutos cuando llego tarde!

Él dejó escapar una media sonrisa. Estaba bastante convencido de que si el propio Luke llegaba
tarde a trabajar algún día —algo que, seguramente,
ni había sucedido ni sucedería jamás— él mismo
se aseguraría de trabajar cada minuto extra, aunque no marcara una diferencia para nadie.

—Menudo cabrón —bromeó, después comenzó
a caminar de nuevo—. Perdona. Vamos.

Gia alzó la mirada y lo observó, curiosa.

—A saber qué te ronda por la cabeza hoy. Estás
muy pensativo.

Miles sonrió una vez más sin soltarla. Momentos como ese, tan corrientes, tan tranquilos, le parecían los más maravillosos del mundo. Esa
normalidad le hacía sentir profundamente afortu-
nado. Cada día se acercaba más a esa paz mental
que ella le había ofrecido una vez, algo que jamás
creyó que podría experimentar. Gia había sido un
regalo inesperado, una de esas piezas indispensa-
bles que construían todo lo que él era y lo que quería llegar a ser.

—Nada importante —le contestó y, a pesar de que ella supo que se le estaba escapando algo, no insistió.

Gia le dedicó un guiño y después siguió caminando. Su mano seguía unida a la de Bennett y no tenía ninguna intención de soltarla.

Puedes escuchar la Playlist de
La pieza que nos une aquí:

https://open.spotify.com/playlist/5xNoheouSF-
jRMNFHopp7RI?si=98y9lmoBQqahqMfl5bt-
8bw&pi=HlZi5ZPbRtWqv

1. *Dawns (feat. Maggie Rogers)* – Zach Bryan, Maggie Rogers
2. *Remains* – Bastille Vs. Rag'N'Bone Man Vs., Skunk Anansie
3. *Arcade* – Duncan Laurence
4. *Tattoo* – Loreen
5. *Delicate* – Taylor Swift
6. *Undisclosed Desires* – Muse
7. *Again (feat. XXXTentacion)* – Noah Cyrus, XXXTentacion
8. *Talking Body* – Tove Lo
9. *Needed me* – Rihanna
10. *Outside (feat. Ellie Goulding)* – Calvin Harris, Ellie Goulding
11. *Fix You* – Coldplay

Agradecimientos

Esta novela ha sido mucho más privada de lo que acostumbro. Surgió como parte de un proyecto más grande, después la idea se fue concentrando hasta tomar forma de novela corta. Tengo que agradecerle su apoyo a Kieran, que me ha ayudado con esta historia escuchando mis quejas, mis discursos y mis locuras.

A Águeda, mi mejor amiga y, espero, la primera persona en leer este libro en cuanto llegue a sus manos. A Elsa, por todas nuestras horas charlando sobre literatura. A Rose, aunque hayan pasado años desde el instituto y *Lo llaman Karma*, todos esos ánimos que me diste siguen conmigo todos los días. A Carlos, que, a pesar de un año duro, nunca se aleja demasiado. A Oliwer, Saioa, Cami, Irene, Paula, mis amigos de Ibis y a cada uno de los componentes de mi familia escocesa.

A mi madre y a mi hermano, los pilares fundamentales de mi vida.

Gracias al equipo de HarperCollins Ibérica por tener tantísima paciencia conmigo y, por supuesto, por darme la oportunidad de que Miles y Gia vean la luz de este modo.

Y, más que nunca, a los lectores que siguen

conmigo desde el día 1 (¡y a los que os habéis ido sumando por el camino!), a todas aquellas personas que me conocieron en internet con mis primeras historias. A los que esperáis pacientemente mis novelas, os juro que poco a poco irán llegando más y más.

Un millón de gracias.
V.M. Cameron

Sobre la autora

V.M. Cameron es una escritora procedente del norte de España y residente en Escocia. Escribe desde niña y ha cosechado una buena cantidad de amigos y seguidores en la red a lo largo de los años, por lo que considera a sus lectores un pilar fundamental en la aventura de escribir.

Dedica la mayor parte de su tiempo libre a su pasión por la lectura, escritura y creación de nuevas historias. Se inclina por el romance, la novela juvenil y la fantasía.

Es graduada en Filología Hispánica, siente verdadera fascinación por la música y es una viajera empedernida. Ha publicado varias obras en internet y debutó en 2016 con su novela *Pasión vikinga*, finalista del VI Certamen de Novela Romántica Vergara-RNR. Ha publicado otras novelas románticas, como *En algún lugar del mar* en 2018 o las novelas de su serie *Isla de Finnèan*.

La pieza que nos une ha sido finalista en el XIII Premio Internacional HQÑ y se publicará en 2025 con Harlequin, HarperCollins Ibérica.

Síguela en:
Instagram: @vmcameron213
Facebook: VM Cameron
TikTok: @vmcameron